喜剧电影剧本
微电影剧本

张永江　赵亮　著

招商囧途

AN EMBARRASSING INVESTMENT BUSINESS

敦煌文艺出版社

图书在版编目（CIP）数据

招商囧途 / 张永江著. —— 兰州：敦煌文艺出版社，2018.12（2023.1重印）
　ISBN 978-7-5468-1680-7

Ⅰ. ①招… Ⅱ. ①张… Ⅲ. ①电视文学剧本－作品集－中国－当代 Ⅳ. ① I235.2

中国版本图书馆 CIP 数据核字 (2018) 第 292825 号

招商囧途

张永江　赵　亮　著

责任编辑：罗如琪
助理编辑：杨　雪
装帧设计：李　娟　禾泽木

敦煌文艺出版社出版、发行
地址：（730030）兰州市城关区读者大道568号
邮箱：dunhuangwenyi1958@163.com
0931－2131373　2131397（编辑部）　　0931－2131387（发行部）

三河市嵩川印刷有限公司印刷
开本787毫米×1092毫米　1/32　印张5.875　插页1　字数104千
2019年6月第1版　2023年1月第2次印刷
印数：3 001～6 000

ISBN 978-7-5468-1680-7

定价：36.00元

如发现印装质量问题，影响阅读，请与出版社联系调换。
本书所有内容经作者同意授权，并许可使用。
未经同意，不得以任何形式复制转载。

Contents
目 录

001
招商囧途

103
家政女人

141
桃李不言

【喜剧电影剧本】

招商囧途

An embarrassing tnvestment business

赵 亮

1.外景　张广成家门口　晨

　　五十岁的张广成推着老式自行车走出院门,他穿着一件略大的旧外套,显得人更清瘦;脚蹬一双旅游鞋,鞋是儿子的,虽然旧却系着一双新潮的红鞋带,而且尺码大得几乎与他的人不成比例。出了门他略一迟疑,又把车子支好,急匆匆返身进屋拿了一个人造革破公文包出来。

　　张广成对屋里喊:饭在锅里,吃了抓紧看书!

　　儿子在屋里带着睡意的不耐烦的声音:晓得啦!

　　张广成把公文包挂在车把上,急忙骑上去。

2.外景　村里　晨

张广成骑车快速穿过村庄，不时打着一串清脆的铃声。

有早起的老汉牵着牛在路边向他打招呼：张股长，上班啦？

张广成急匆匆地回答：不下车啦，走了走了。

3.外景　乡政府大院内　晨

一辆租来的客运面包车停在院内，车子已经发动；人们三五成群地站在车边，胖胖的付光明拿着点名簿站上办公楼门口的台阶。

付光明清清嗓子，拿出官腔：肃静！请大家肃静。现在点名，来的答"到"，没来的……

人群里有人喊：就答没到。

大家哄然大笑，付光明有点慌乱。

付光明：没来的不许乱答！现在开始：张广成，张广成！

人群安静，那个声音又喊：还真的没到。大家又笑。

付光明有点气急败坏：罚款五十，说到做到！李二亮，陈浩……

来的人纷纷答"到"。

4.外景　山路上　晨

张广成奋力蹬车,车轮滚滚。不想石子一颠,车胎却爆了,张广成跳下车,急得乱骂乱踢,没办法又骑上没气的车死命地蹬。

5.外景　乡政府大院内　晨

付光明继续点名,乡党委王书记披着外套、手里端着不锈钢茶杯走出办公楼,后面跟着拿公文包的秘书,付光明立即低头哈腰靠近王书记。

付光明:王书记,我已经帮您签了到了。

王书记"唔"一声,目不斜视地径直上车,付光明继续点名。

6.外景　乡镇街道　晨

张广成满脸是汗地蹬车,外套也脱下了搭在车把上,半截车胎露出来呱嗒呱嗒地拍打着车架,气门芯颠得车轮咯颠咯颠的。

7.内景　面包车上　晨

　　人们陆续上车,付光明向坐在前排的在看报纸的王书记汇报。
　　付光明:王书记,就差一个张广成。
　　这时有人喊:老张来了!
　　付光明透过车窗看去,只见张广成推着快散架的自行车跑进大院,支好了车就一把抓过衣服和包跑上车。
　　张广成气喘吁吁:刚好,刚好。
　　付光明堵住了他:什么刚好!你迟到!罚款五十,我说了算!
　　张广成:行啊!付副乡长,有点当家作主的意思啦!
　　王书记头都没抬威严地咳了一声,付光明心惊地看一眼,张广成继续嘲讽他。
　　张广成:新官上任头把火,鸡巴毛耍成大令箭,有气象!当心别烧糊喽!
　　众人哈哈大笑,付光明气急败坏:我不跟你贫嘴!刘会计,记下来,月底工资扣!

张广成转身就要下车。

付光明反而急了:哎——你哪去?!

张广成:反正罚了款,我索性再迟会儿,歇口气。

付光明过去拉他:你给我坐下!

张广成笑嘻嘻地顺势回来,他一看只有前排还有一个座位,就一屁股坐下来。

付光明:哎,那是我的位置。

张广成:不是你让我坐的嘛!得,副乡长的宝座你抢去了,咱就坐一回这破椅子总行吧?

众人大笑,付光明求救地看着王书记:王书记,您看……

王书记看着报纸:开车!

汽车开出大院。

付光明摇摇晃晃地依在前面发动机前,恼怒地看着张广成。

8.内景　面包车上　晨

张广成问邻座的人:县里什么会啊这么兴师动众的?

邻座:说是全员招商启动大会。

张广成:全员招商?

9.内景　乡政府办公室　日

乡干部们七嘴八舌地议论,张广成一言不发坐在自己的座位上。

一干部抱了一摞书进来发:发书啦,一人一本。

干部甲拿起一看:乖乖!《招商宝典》,跟《葵花宝典》差不多。难道凭这个就能完成股级500万,正科1000万?

干部乙:反正我招不来,你以为江南人傻啊来这穷山旮旯!

干部丙:我也犯愁呢!江南我一个人都认不识,你们有没有认识的人啊?

干部乙:谁有也不会告诉你!关系着各人的工资前途呢。

干部丁:就是啊,这工资先扣发一半,一家老小喝西北风啊。

干部丙:还有,一千块一月的费用也不够啊,吃喝拉撒的。老张,你也发表发表高见。

张广成:不招商是不行,咱这地方真的难发展。我就觉得这么一窝蜂都出去,乡里工作怎么办?

干部乙:你真是咸吃萝卜淡操心!天塌不下来,塌下来也有高个子扛着呢。

干部甲做出嘘声的手势:高个子来了!

10.外景　乡政府大院内　日

付光明踌躇满志地走来。

11.内景　乡政府办公室　日

付光明推门进来:好嘛！大家讨论得这么热火朝天,一定对招商引资工作满怀豪情啊。

干部乙:哪能跟您比啊！您都上咱县报啦,那家伙,豪情喷溅哪！

干部丁:哪儿呢哪儿呢？我还没见呢！

干部乙拽过一张报纸指给众人看:瞅瞅！瞅瞅！《副乡长付光明主动请缨,不完成两千万誓不收兵》。

干部丁:我的亲娘！两千万！比王书记都多！

付光明:嘿嘿,为官一任造福一方嘛！

张广成:装！

付光明:老张,你说什么？

张广成大声地:我说壮,壮哉的壮！

付光明:过奖过奖！我的情况,呃,主要我夫人的舅舅,大家知道的,有较强的人脉,什么老战友啦,老部下啊,老同学啊,都在江南,什么政界商界演艺界……

张广成:还有冥界。

有人扑哧笑了出来。

付光明望了望不明所以:是啊,反正都占据着重要位置。我想两千万嘛,也就是毛毛雨啦。

干部甲:谁跟你一组那真是走狗屎运了。

众人附和:那是那是!

付光明:这个组织上定。对了老张,走之前把今年生猪生产任务分解下去,要到村,到组,到户,工作嘛要两头清。

张广成:咦?不是宣布了嘛,今后我调民政;我干人事,你管猪事,不搭岔。

付光明:哦,哦,你看我,老搭档了,改不掉。我再找旁人去。

付光明走出,干部丙还在咂舌:乖乖!两千万还毛毛雨啦。

干部乙:能呗!你老婆的舅舅要是市领导你也能!

走廊上纷纷的脚步声,有人探进头:快去看!公布分组名单啦!

众人争先恐后地出门。

12.外景　乡政府院内公告栏　日

公告栏上贴着一张大红纸,写着招商地区和小组名单,很多人挤着看,有人轻声念:广东组,刘成,李二亮,福建组……

干部甲在人群挤着回头喊:老张!你和付光明,江南组!

张广成大出意料:啥?

13.内景　王书记办公室　黄昏

大院已经空无一人,张广成走向王书记所在的办公楼。

王书记办公室内,付光明诚惶诚恐地站在王书记办公桌前。

王书记:小付,你都想什么呢?哎!现在不止是考验你能力的时候,更是考验你群众基础的时候!没有群众基础神马都是浮云。明白吗?

付光明:明白,明白。

王书记端起茶杯,挥手让他出去。

付光明擦着汗出门,与正在推门的张广成撞在一块,付光明尴尬地看着张广成,张广成狐疑地看着付光明,二人错肩而过。

王书记:老张?

张广成:王书记,我只说一件事……

王书记摆手:你啥也不要说！你是老同志了,组织上对你实实在在的关心,你就没领会吗？

张广成:王书记,我不是那个意思……我屋里没人,孩子又快高考了……

王书记略一皱眉:老张,谁家都有困难,克服一下吧,啊？你孩子反正住校……对了,你不是有个姐姐住街上嘛,让她照应照应。

张广成搓着手:也只能这样了。

14.内景　张广成家　晨

天才朦朦亮,村里公鸡打鸣的声音不时传来,屋里还黑乎乎的,张广成轻手轻脚地从房间里拎着一个尼龙大包走出堂屋,放下包,掏出一个包着钱的纸包放在桌上。

张广成冲儿子的房间:钱放桌上了,省着点花,好好学！星期天就去你姑姑家,衣服拿去洗……

儿子在里屋闷声闷气地:噢,你放心吧。

张广成犹豫着:那我走啦,你起来吃了就上学去……

里屋的声音有点不耐烦:知道啦！知道啦！你走吧。

张广成这才扛起包,一个胳膊夹起一床大花被,出了门,又放下东西,回头把门带好。

15.外景　村庄　晨

张广成扛着包走过村庄。两个放牛的老农蹲在路边抽旱烟,看见张广成,都站起来打招呼。

老农甲:张股长,这是哪去啊?

张广成并不停留:招商,江南。

老农甲:哦,好啊。招了商,娃们就不用出远门打工啦。

张广成:我赶车,先走了啊。

老农乙挥手:走吧走吧,赶车要紧。

老农甲:江南,到底啥样呢……

16.外景　县城车站外　晨

车站人头攒动,锣鼓喧天,彩旗招展,横幅上写着"大招商大发展""旗开得胜、马到成功"。几辆客车一字排开,挡风玻璃标着"上海""广东""福建"等路线牌。张广成拎着一个大蛇皮尼龙布包,肩上扛着一床大花被,东张西望地走来。干部甲在一辆车上大声喊他,张广成挤过去。

17. 内景　车上　晨

张广成挤上车,将被包塞上行李架,张广成一屁股坐在干部甲旁边。

张广成看了看四周:这么多人! 都去一个地儿的?

干部甲正在看《招商宝典》,头都没抬:哪能呢,跟鸡下蛋似的,到哪摆哪。

张广成:临阵磨枪呢?

干部甲:不磨哪行! 比不上你,有贵人罩着呢。

张广成:贵人?! 贵人在哪?

干部甲笑着一努嘴,只见付光明西装革履、左手笔记本电脑包,右手拖着个真皮旅行箱上车。

付光明:同志们好!

甲:付乡长,你这是旅游啊!

付光明:形象! 招商首先在于形象。来——(掏出名片四处散发),多联系。

乙看着名片:你去哪个点?

付光明:江南。

乙:陈乡长,陈乡长,跟你一块的。

后排邻乡的陈乡长站起来:付乡长,我去温州,离你最近,多照顾啊!

付光明:没问题!

18.外景　车站　晨

客车缓缓启动,车内外的人挥手道别。
王书记:别的话我就不说了,等你们的好消息!
付光明头探出车窗:王书记,您就放心吧!
客车驶离。

19.内景　车上　日

客车一路奔驰。
车上大家闲聊、打牌。付光明拿出笔记本打开,立马引起瞩目。
乙:哇靠!说这个东西能看见外国男的女的那个?
付光明:切!谁看那个!咱拿这个网上招商!
乙:高科技啊!
付光明:这叫工欲…先啥器?老张,古人那话怎么说来着?

张广成:公欲上其妻,必先立其鸡。

付光明一脸狐疑:是吗?

乙一拍大腿:我明白!就是说你想干事,就得先得家伙硬。古人说话就是精辟啊。

手机响起,付光明接电话:哦,对,对,我傍晚就到!别,别,接站就不必了。哦,这多不好意思,太让你破费了!好,好,保持联系。

陈乡长:还是付乡长,人没到酒席已经安排好啦?

付光明:一个老朋友,非得表示!没办法,没办法啊。

干部甲压低声音对张广成:瞧瞧!酒席都给你备下了。

张广成故意提高声音:哎呀,我就担心啊,今后吃不上咱金南的火烧咋办?

大家哄笑。

20.外景　江南某城市边路口　黄昏

客车停下,付光明先下车与车上人道别;张广成费力地扛着大包小包挤下车,客车绝尘而去。

付光明:老张,咱们是来招商,别搞的民工似的。你看你那鞋,儿子的吧?

张广成跷起一只脚:正宗耐克山寨版,流行着呢。

付光明:切!还流行!美要讲究和谐……

张广成:老头子啦,还臭美啥!您就凑合吧。要不,把你那皮箱子也给我,我和谐你也和谐。

付光明:这不好吧?

付光明半推半就地交过拉杆箱,张广成把自己的大包小包往拉杆上一架。付光明"哎哎哎"声中,拉杆"啪"地折了。

张广成手忙脚乱地收拾:你看我这粗手粗脚,还真伺候不了娇贵玩意。

拉杆装不进去,他三下五除二解下红鞋带绑紧。

付光明一把夺过拉杆箱就走:得得得!成事不足。

张广成呱嗒呱嗒趿拉着鞋追上来:咱们这去哪啊?

付光明没好气地:进城!

张广成:你认识路吗?这前不着村后不着店的。

付光明迟疑起来,远处的城市隐隐约约。

张广成:刚才不是有人要派车接你吗?

付光明:奶奶的,我哪知道撂这鬼地方!

张广成:要不再打个电话试试?反正他要请你客嘛。

付光明掏出手机犹豫着,张广成怂恿:打一个呗,老朋友嘛!

付光明打电话:喂,是我……哦,是吗？不要紧,哎呀你太客气了,没事没事。

付光明手一摊:得了! 我朋友急事出差,正往机场的路上。

张广成:这么巧!?

付光明:人家大生意人,事多!

一辆黑车过来,司机:走不走？

张广成直拉付光明衣服:黑车。

司机来气了:我就黑车! 告诉你们,错了这村连店都没了。

21.内景　黑车上　夜

张广成:师傅,能不能带我们去个便宜的旅馆。

22.外景　小旅店门口　夜

二人疲惫地走出小旅店门口。

张广成:乖乖! 这么贵! 刚才黑车要了八十,这个破旅馆睡一晚就要一百六。咱再找找。

付光明一屁股坐下:已经找了八家啦,要找你找!

张广成:要不打电话向你朋友咨询咨询?

付光明火了:噢——你让我跟人家大经理说:您晓不晓得哪家旅社便宜?越便宜越好,不管多脏不管多破!

张广成:你还真幽默!

对面一家洗浴中心霓虹闪烁,付光明一拍大腿站起来:走!

张广成:去哪儿?

23.内景　洗浴中心门厅　夜

付光明自信地进来,后面跟着扛着被包的张广成,狐疑而张望着。值班服务生惊讶地:先生,咱这不是旅馆……

付光明不容置疑地:两位!

服务生疑惑着拿出拖鞋。

24.内景　洗浴中心休息大厅　夜

付光明穿着浴衣进来,后面的张广成还在低头系带子。二人在休息沙发床躺下。

张广成:乖乖！空调、电影,还能洗澡、睡觉,一共才20！可惜得工作,要不我真想天天住这儿！

付光明得意地:没享受过吧？要不要给你再叫个足疗？

张广成看着一个女服务员在给客人做足疗,客人痛苦地呻吟着。

张广成:就那个？我可不想花钱找罪受。

一个男服务员送水过来。

张广成:同志,你知道哪有房子租吗？

服务员没好气地:到解放路问。

张广成:咋走？

服务员径直离开,付光明嘿嘿笑:教你个乖,不能叫人"同志"。

张广成:"同志"咋啦？多崇高的称呼。

付光明:还崇高！我告诉你……

附耳过去低语,张广成讶异地瞪大眼:不会吧？

25.外景　偏僻的小巷　日

二人扛包拉箱地走。

付光明抱怨:看你问的那人,就不可能指给你什么好地方!

张广成:我也想要好地方啊,钱呢?

26.内景　一栋旧楼房　日

房东翟大爷拿着钥匙爬着楼梯,张、付二人跟随。

翟大爷:八百一月,我这就算最好的了!你看还有窗户,别人带窗户的就得加二百!

付光明犹疑地摸了一把斑驳的窗框,都是灰。翟大爷打开门。房内一桌一凳一床而已。

27.内景　出租房内　日

张广成满意地打量着屋内:不错!收拾一下就好了。

付光明:还不错!这一张床怎么睡啊!

张广成:没关系,我打地铺。翟大爷,能找些硬纸板吗?

翟大爷:这个有。

28.内景　出租房　日

二人洒扫铺床,付光明支起电脑,张广成把带来的宣传材料码齐。一个五岁左右瘦弱的男孩在门口怯生生地看着他们。

张广成:你叫什么名字啊?

孩子不吱声。

付光明在门口贴上"金南县招商引资联络点",心满意足地说:下午再把网线办好就齐了。

孩子突然开口:点。

张广成:嗬!还认字呢。

一个30出头的女人走上楼,叫着:点点?

孩子跑出去:妈妈,这里有两个人。

女人瞥一眼:我们回家。

张广成:感情叫点点。

付光明:老张,这女人有点脸熟啊。

张广成:是有点,对了,足疗!

付光明:你看你找的地方!堂堂领导干部跟这样女人混住一块!

张广成:哎——你小声点!人足疗怎么啦!凭自己劳动挣钱,起码比贪污受贿的干净。

29.内景　出租房公共厨房　夜

张广成围着围裙在洗碗,女人在做菜。

张广成:能不能借你洗洁精使一下？刚来,还没买。

洗洁精撅在张广成面前,张广成道谢,女人已经头也不回地端菜走了,张广成不禁愕然。

30.内景　出租房　夜

张广成端碗进来,付光明坐在桌前拿出笔记本。

付光明:老张,正要喊你,我们开个会。

张广成:就两人,说说得了呗。

付光明:你别心不在焉的,两人也是组织,两人也代表全县九十万人民的形象！关系着全县招商引资的大局……

张广成:就说怎么干吧。

付光明:根据我们俩的实际情况,我做个分工。招商工作我总负责,出外要突出我的形象;你呢协助我,主要搞好后勤服务工作。

张广成:这我行,在家就一直给儿子做后勤。

付光明直翻白眼:另外咱俩思想上要统一,我知道,你对我有点看法。

张广成:没看法,就是尿不到一壶。

付光明:现在只有一壶不是?

张广成:这我晓得,咱就瞄着一壶尿。

付光明:有你这句就行!明天我就动用一切关系!争取打响全县开头炮!

31.内景　出租房　夜

二人各自睡在铺位上辗转反侧。

付光明:老张,老张?你能上来睡吗?

张广成:啥?你,也是"同志"?

付光明:啥同志!我冻得睡不着。

张广成:我说呢,你一个毛毯就不冷!看来潇洒是要付出代价的。

付光明:别啰嗦!我明天就买被子,今晚先挤挤。

张广成:别碰着我噢,我不是"同志"。

付光明:行,行!

二人重新躺下,张广成:你说隔壁女人奇怪不……

付光明:你别乱想哦,我们住这里已经够丢人了,再弄出点事传出去就不得了!快睡,明天可要开工了。

32.外景　某工厂门口路上　日

　　付张二人一路走来，张广成依旧穿着那一只脚有鞋带的旅游鞋。

　　付光明:跟你说弄件像样的衣服！知道吗？在国外很多场合你这样都不带进门的。

　　张广成:突出你形象么。

　　付光明:到时候说话注意哦,我这姨夫可是上市公司的老总。

33.外景　某工厂院内　日

　　张广成在门外张望,付光明在院内急切等待,一个老工人跑到他跟前。

　　老工人:哎呀大侄子,你怎么找这来了？我这超过五分钟都要扣钱的！

　　付光明:老姨夫,我来招商的,这是我们县的宣传材料,你看看。

　　老工人直摆手:哎呀我看什么呀！

　　付光明:你看看能不能送给你们老总。

　　老工人:不行不行,老总从来都不跟我说一句话的。

　　付光明硬塞到他手里:你先拿着,行不行再说。

34.外景　某工厂门外路上　日

张广成迎上来:这个就你姨夫?

付光明:怎么会啊！我姨夫出国考察了,这是董事局秘书长。

张广成:好像穿的比我还朴素嘛。

付光明:下车间视察必须穿工装,这是大企业的规定。

张广成:噢——那咱事情怎样了?

付光明:秘书长郑重承诺,将提交董事会专门研究。

35.外景　某工厂门口　日

保安拦住他们:干什么的?

张广成上前:这是我们付副乡长,主管全乡生猪生产工作。

保安像看外星人一样看着付光明。

付光明:我找你们老总,他是我夫人舅舅儿媳妇的表姐的叔叔。

保安:啥——约了没有?

付光明:没有。

保安:等着！转身进传达室打电话,然后出来:不见。

付光明急了:不会吧？您再说说我他舅舅的……

保安不耐烦地挥手:走吧走吧,不见就是不见。

36.外景　路上　日

付光明恼怒地:你是怎么说话的！什么生猪生产！

张广成:我是在突出你重要形象啊,生猪,那是我们支柱产业啊。

付光明:还付副乡长！你不会拿掉个字啊！

张广成:拿哪个你说！拿前一个得你爸说了算,后一个组织部说了算,再说了,拿哪个听起来都差不多啊。

咳——付光明气得掉头就走。

张广成自言自语:姓这个姓,咋投的胎！

37.内景　市政府办公室　日

付光明、张广成走上楼梯。

付光明:这次肯定成!我夫人的舅舅亲自打电话关照的。

二人推开办公室门,一个年轻干部在办公。

年轻干部:你们是?

张广成:这是我们副乡长,姓付!主管全乡支柱产业。

年轻干部笑了:哦?什么产业?

张广成:母猪下崽。

年轻干部一口茶差点喷出来,付光明赶紧打岔:咳咳,我们约了市长来谈招商引资工作。

年轻干部拿出一个簿册:市长交代把这个给你们,这是我们全市的企业名录,你们自己联系吧。

付光明:能不能请市长引见引见?

年轻干部:不行!原则上这个名录都是不能外传的。

38.外景　街边　日

付光明失望地一屁股坐在街边椅子上,把电话簿扔在旁边。

付光明:还原则上不能外传!奶奶的,耍老子啊!

张广成捡起电话簿:我倒觉得这个人不错,起码比你这大半个月跑的靠谱。

付光明:靠什么谱!连个电话都不打,我们怎么见人家嘛!

张广成:我们自己打啊!《招商宝典》里就有电话招商这一招。你想啊,我们这么长时间连个老总毛也没看见,有了这个,企业情况,老总电话都有了!这一大本打下来,总能有个把成的吧。

付光明站起来:行!就使宝典这一招!

39.内景　出租房　日

付光明拼命地打电话,张广成拿着笔记本准备记录。

付光明:打电话也是一门艺术,你看我的!(摆出一副客服小姐的腔调)喂,我们是金南招商引资联络处,请问你们有投资意向吗?哦,没有啊。我就不信了,再来!

拨号:喂,我们是金南招商联络处,我想见见你们老总,哦,老总不在啊。

拨号:喂,王总,我想跟你介绍一下我们金南的投资环境,哦,打错啦。

继续拨号:喂,刘经理,我想跟你谈谈招商引资的事情,哦,神经病啊。

付光明握着话筒迷茫地看着张广成:神经病,我神经病?

40.内景　出租房　夜

付光明对着一碗白水面大喊:老张！老张——

张广成慌忙进来:怎么了这是?

付光明:怎么又是白水面！我都吃了十天了你知道不！

张广成不慌不忙地掏出一把发票:你看好喽！电话费一千二,打的七百,还有房租水电,财政已经严重赤字,没揭不开锅就不错啦。

付光明叹口气,从口袋里也掏出一张纸摆到桌上。

张广成:这又是啥?

付光明:看看吧,县里来的督查通报。开头炮是哑火啦,李二亮他们已经成了,奶奶的,一家伙引了三千万。

张广成拖过椅子坐下:我觉得咱们这样下去不行啊,电话都是虚的,人家连个材料也见不着,还得跑！得想尽一切办法散发材料，动用每一个可能的关系，功夫不负有心人嘛。

付光明：也只能这样了。

张广成：还有，的士不能再打了，明儿我把翟大爷那旧自行车借来跑。

点点来到门口，怯生生地：伯伯，我不舒服……

张广成走过去一摸额头：啊，发烧啦。你妈妈呢？

点点：上班了。

张广成一伸手：快！

付光明：啥？

张广成：拿钱啊。

41. 内景　街道　夜

张广成背着孩子匆匆跑过。

点点指引着：还在前面。

42. 内景　诊所　夜

点点已经挂上水，张广成着急地问医生：怎么样啊?

医生:这孩子,老病号了,每个月都来。

时钟滴答。张广成逗孩子说话,孩子笑容灿烂。

门打开,女人冲进来:点点,点点?

点点:妈妈我在这儿。

女人抱住孩子,又是亲又是摸:怎样了?还热吗?

点点:好多了。

张广成:你怎么能把孩子一个人放在家里呢?

女人怔怔地看着张广成,泪珠泫然。

43. 内景 出租房楼下 晨

付张二人一副出门的模样。

翟大爷喊:小堂,把后面那破自行车拾掇出来。

张广成:哎呀,我自己来。

翟大爷:哪能呢!你们都是大干部。快点——

翟小堂嘟囔着趿着鞋从后面推出一辆破自行车:哪能骑啊!你们还两人?!

张广成接过:没事!修修就好。

付光明:你在哪里上班?

翟大爷:他啊,不好好上学,现在就一厨子。

翟小堂:你不说话能哑巴啦!

付光明:厨师也不错啊,酒店大吧?

翟小堂:还可以啦。

付光明:你一定认识不少大老板吧,能不能介绍几个给我们?

翟小堂:我在后面炉案上,哪里认识什么大老板啊! 不过我可以帮你们留心着。

付光明:那多谢啊,这是我们的宣传材料。

44.外景　叠印一组蒙太奇镜头　日

付张二人轮流骑车,经过一片片工厂、街道,向各色人等散发材料。

45.外景　街边　日

付光明瘫坐在路牙上,已经是衣衫不整,张广成看着面前不断的车流。

张广成:这么多有钱人,你看这车,一个赛一个豪华!咋就没有一个愿意投资的呢?咦,我想到个妙主意,快! 快起来!

付光明不耐烦:什么什么呀!能有多妙啊!

张广成附耳低言,并拉起付光明。

46.外景　一大型停车场　日

保安在谈笑。付张二人乘人不备翻过停车场栏杆,猫着腰穿行在车辆之间。

张广成压低声音:咋样?我这个主意绝吧?这些车主肯定都是大老板!

付光明:值得表扬!对了,光挑好车发,这样投入产出比高些。

张广成;好嘞。

二人兴奋地一击掌,蹲着身子分头行动,将材料夹在车辆的雨刷上。没想到一辆车子警报响起,继而全场汽车警报大作。保安纷纷出动:有人偷车啦——,抓贼啊——

二人连滚带爬跑出,张广成那只没鞋带的鞋子掉了,他弯腰捡起,光脚跑到自行车处,把鞋子挂到车把上骑上就跑。保安追出:站住!

付光明亡命飞奔:等等我——

47.内景　出租房　日

二人死猪一样一头倒在各自的铺位上。

付光明:我现在才发现啊,我从政就他妈是个错误,应该去做长跑运动员!男怕入错行,女怕嫁错郎啊。

张广成:还真没错,你刚才要不是饿着肚子,绝对跑得过刘翔。

付光明:一说我更饿了,你该做饭啦。

张广成:你看我还动得了吗?

付光明:也罢,想想你那白水面就倒胃口。

张广成突然翻身坐起,翕动着鼻子:你闻闻,是我们老家的爆腰花,没错,是爆腰花!还有卤蛋炖肉的味儿。

两人都抽动着鼻子,缓慢地凑向门口,点点不知何时站在他们眼睛底下,仰头好奇地看着他们。

点点:你们在干什么?

张广成尴尬地:嘿嘿,练鼻子功。你怎么来啦?

点点:我妈喊你们吃饭。

付光明一把抱起点点:哇,宝贝!你真是个天使啊。

48.内景　隔壁出租房　日

一桌饭菜已经摆好。
女人：快吃吧,等你们时间长了,肉都炖烂了。
二人一屁股坐下。
付光明大口吃着：唔,炖烂好吃。
张广成：大妹子,你这菜是我们金南的做法啊。
女人吞吞吐吐地：哦,我在金南呆过。
张广成：那也算半个老乡啦,住一起这么久还不知道你叫啥呢?
点点：我妈叫邓——玉——洁。
邓玉洁作势啐了点点：去!转头向付张二人：大哥,我呢有个想法不知道合适不合适。
张广成：你讲。
邓玉洁：我呢下午晚上上班,上午没事。我想,要不我帮你们做午饭,你们晚上帮我看着些点点
付光明：好啊,菜金我们照出。
邓玉洁：你们放心,十二点我准下班。
张广成：没事,再晚点都没事。
邓玉洁：对了,你们商招的咋样了?
付光明：八字没一撇呢。
邓玉洁：要不把材料给点给我,我倒经常遇见一些老板呢。

49.内景　　出租房　　夜

付光明在电脑上玩水果连连看,老是过关失败。
点点在旁边看,突然指着:小树、
付光明:朋友！这是花菜！
点点;就是小树！
付光明:好,好,小树,下面呢？
点点:苹果。
付光明:咦,我还没看出来呢,行啊！下面点哪个？
点点:这个,还有这个。
付光明:哈,胜利啦,通关啦——
张广成进来:呦,您就是这样网上招商的呀。
付光明做一休状,休息,休息一会儿。
张广成:走！点点,远离毒品远离网瘾。
点点:那你给我讲故事。

50.内景　　出租房　　夜

二人躺在床上,张广成背对着付光明,付光明倚在床头。
付光明:老张,我觉得这女人明显跟咱金南有瓜葛啊,怎么一提起来就躲躲闪闪的。老张——

老张迷迷瞪瞪的:唔。

付光明:一个女人带着孩子在外边,她男人呢?你说她男人怎么就放心得下?

张广成:家家有本难念的经呗。哎,你不是说这样女人要保持距离的嘛,咋还半夜琢磨人家?。

付光明:嘿嘿,我也就一时好奇。对了老张,你老婆去世好几年了,想女人吗?

张广成:想老婆了吧?你们年轻人,精力旺。

付光明:我? 不想。

张广成:假话。

付光明:真的! 骗你我不是人!

51.内景　出租房　日

张广成提着一篮菜哼着地方戏一路上楼,径直走向厨房,路过自己门口的时候喊了一嗓子:付乡,中午咱喝一盅。付光明趿拉着鞋跟到厨房:

付光明:呦,买了不少菜啊! 注意哦,菜金超标。

张广成:超标的我出!

付光明:太阳打西边出来啦,说说,啥好事?

张广成:告诉你,我中奖了——头奖!

付光明:啊! 多少?

张广成:680!

付光明:就这？还头奖？

张广成:我儿子最后模拟考试全校第一,680!

付光明:哇！真是头奖,要祝贺！

张广成：待会啊你帮我网上查查江南都有啥好大学,我要叫他考这儿来。

屋内电话铃响。

付光明:没问题！我先去接电话。

转身回房间。

52.内景　出租房　日

付光明接电话:哦,王书记,您好您好！

王书记电话中:光明,你那边有什么新进展啊？

付光明:王书记,我跟您汇报一下,我和老张正在开拓思维、创新手段,全力以赴地展开招商引资工作,上门跑企业463家,电话联系921家……

王书记电话中:我不要听你这些数字！我要实际成果！你知不知道,我们乡已经在全县落后了。我一直寄希望于你,把最有潜力的地区分配给你,让做事最踏实的老张跟你搭班,你不要让我失望了！你要知道你这副乡长还在试用期,而且你不要忘了,你是立过军令状的!

付光明直擦汗:是,是。

王书记电话中:下周县里召开全县招商引资集中签约大会,你们必须回来现场述职!

电话挂断,付光明握着话筒跌坐在椅子上,张广成手里拿着菜站在门口看着他。

张广成:怎么了?

付光明:书记发火了,后果很严重。

楼下翟大爷喊:付乡长,有人找!

付光明恼怒地出去:谁啊这是!

53.内景　出租房　日

陈乡长笑哈哈地登着楼梯上来:付乡长,你住的这地方可真难找啊!

付光明:哎呀陈乡长,什么风把你给吹来了!快请进。老张,倒茶。

陈乡长打量着房间:看你住的这地方,就知道你是个廉洁的好干部!前途无量啊。

付光明:真不好意思,太乱了!

说着动手整理桌上材料,趁机想把那企业名录收起来,但是陈乡长眼疾手快,轻轻地从他手里拽了过去。

陈乡长:行啊老弟！这可是绝密武器啊！就凭这个,你也得钓几条大鱼！

付光明:真没有,不信你问老张！

张广成:电话费花了不少,得到人家的回答是啥——你能想到吗?

陈乡长:啥?

张广成:神经病！

陈乡长哈哈大笑:绝！老张,你这双簧唱的好！

张广成:悲剧啊这年头,怎么真话就没人信呢!

付光明:说真的陈乡长,你精明能干,你那边情况怎么样?

陈乡长:我?一筹莫展！一片黯淡！

54.内景　厨房　日

付张二人悄悄商量。

张广成:我觉得就在家吃,请玉洁炒几个菜,不比饭店差！

付光明:怎么着他也是大老远来的,咱这环境太差,而且邓玉洁……不行！

张广成:你说咋办?

付光明:不如去翟小堂店里,请他给咱节约点,面子也好看。

55.内景　翟小堂供职的酒店　日

一家中档的酒店,大堂一角,三个人推杯换盏。

陈乡长:这日子是真没法过了!现在不仅是扣一半工资,到年底,完不成任务的还要降级!

付光明:县里这集中签约就是把咱们架火上烤啊!真不知道人家怎么招的商?通报说已经招了八个亿了。

陈乡长:假的!不少都是假的!

付张二人大惊:不会吧?!

陈乡长:怎么不会!我跟二位说啊……不行,还是不说了,都是熟人,时间长了你们也就知道了。

付光明:但是纸包不住火啊。

陈乡长:你老弟就年轻了吧!只要统计部门认账,人家早就提拔走人了。

张广成:不管人家闲事,咱们还是实打实的,干!

三人一起举杯。

翟小堂厨师打扮来到桌前:两位老哥,菜还满意不?

付光明:好,很好!色香味,齐了!

陈乡长上下细细打量着富态的翟小堂:付乡长,这位能不能给我介绍一下?

付光明:这是我们少房东,酒店厨师长。

陈乡长站起来,热情地递上名片:能不能给我个名片?咱们以后多联系。

翟小堂不好意思地:我还真没名片呢。

56.外景　出租楼门口　日

张广成推着自行车与付光明正出门,正遇见翟小堂西装革履、戴着墨镜、还提着大包小包耍着派头地走来。

付光明:大厨,您这要出国呢?

翟小堂:怎么样?像不像大老板?

张广成:我还真以为来了港商呢。

翟小堂:对了,你们那儿有什么好吃好玩的啊?

张广成:有啊,我们那儿地瓜可出名了,当年还献给毛主席的呢。

翟小堂"切"一声,吹着口哨进屋了。

付张二人面面相觑:这小子,发财了?

57.内景　出租房　夜

付张二人在收拾行李。张广成在走廊上经过邓玉洁的房间,房间门半开着,张广成略一犹豫推开了门,只见点点躺在床上,头上敷着毛巾,邓玉洁坐在床边照料。

张广成:烧退了吗?

邓玉洁:好多了。你行李收拾好了?

张广成:我没什么东西。

点点:伯伯,你什么时候回来啊?你不在谁给我讲故事啊?

张广成:伯伯很快就回来。对了,我们走了,晚上点点咋办?

邓玉洁:想办法对付吧,不能老指望你……你们迟早要回去的。

点点:伯伯,你再给我讲个故事?

邓玉洁:伯伯明天赶路,要早休息。

张广成:没事的。点点,我们接着讲小哪吒。

点点:我要听打龙王那段。

58.内景　出租房　夜

付光明已经睡着,张广成睡不着倚在床头。

付光明突然说起梦话并且鼓掌:我引五千万!下面,我给大家汇报一下……

张广成叹了一口气,悄悄起身到走廊里,摸出火机点燃一根烟。隔壁房间还亮着灯,从窗帘缝隙看进去,邓玉洁偎着点点轻轻地拍着他。

屋里付光明还在说梦话:大家不必鼓掌,这是我应该做的……

59.外景　行驶中的客车　日

张广成木然地望着车外,付光明低头睡着了。

60.内景　张广成家　夜

张广成在四处找东西,找不着,冲另一房间喊:儿子,见我以前一个纸箱子了吗?

儿子画外音:什么纸箱子?

张广成:装小人书的。

儿子画外音:床底下你看看。你找那干什么?

张广成:温习温习。说着爬进床底,掏出一个纸箱子来,扑扑灰尘,打开来是一箱子小人书。张广成笑了,拿起一本翻起来。

61.内景　县礼堂　日

礼堂里坐满了县乡干部,主席台上悬挂着"金南县招商引资集中签约大会"大红会标,台上鲜花、彩旗,音响正在放着喜庆的《步步高》,电视台记者忙着拍摄,一美女主持人在宣读项目。

主持人:远景集团金南机械制造项目,投资额三千万,引资人李二亮,有请远景集团总经理叶滕先生与李二亮先生签约。

音乐声中,李二亮与一老板联袂上台,坐到签约席上签约并握手。台下掌声雷动。

主持人:下面一个是肉制品真空包装项目,由江南腾飞公司投资四千万,引资人陈国林,有请江南腾飞公司董事长翟小堂先生与陈国林先生签约。

张广成惊问:谁?!

陈乡长得意洋洋地与翟小堂出场签约,握手如仪。

台下掌声如潮,有人啧啧赞叹:一看就是大老板啊。

付光明起身挤出会场。

62.内景 一小饭馆 日

餐桌上几盘剩菜,付光明张广成已经显出醉态。电视机里正在播放陈国林接受记者采访。

陈乡长在电视中:我为什么一定要认准这个项目呢?我是考虑到我们金南老百姓养猪的特色,但是深加工不够,经济附加值不高,老百姓很多时候甚至养猪亏本,我一想到这些就心痛啊,所以三顾茅庐……

张广成啪地一拍桌子:做人怎么能这么无耻呢!老子告他去!

付光明趴在桌子上:告?你告谁!弄得上上下下不高兴,你还有得混吗?

张广成:但是不能由着他们骗人啊!

付光明:骗谁啦?谁又损失什么啦?这年头,乐死胆大的吓死胆小的。

张广成:这···他们胆子也太大了吧?四千万!这个翟小堂,我看他拿什么来投!把他卖了也不值几个钱!不行,我得找他去。

付光明：人家现在媒体包围、领导嘉宾，你连边也够不着。来吧，喝酒！酒入愁肠，化作相思泪——

63. 外景　出租楼下　日

一辆客运三轮车开进巷子里，张广成付光明下了车，往下拿东西，点点飞奔出来，喊着伯伯。

张广成抱住点点：慢点，小心摔着。看伯伯给你带什么了。

说着打开纸箱，付光明一看：嚄，老张，真有你的啊！

点点很兴奋：妈妈，伯伯给我带了好多好多小人书！

邓玉洁出来：不过是个孩子，你还费这个心。

张广成：都是旧书，放家里没用。你没上班？

邓玉洁：估摸着你们今天回来，帮你们做个饭。走吧，上去吃饭。

张广成把东西塞到邓玉洁手里转身就走：你们先吃。

付光明：你去哪？

张广成：我去找翟大经理。

付光明：你给我回来——

64.内景　酒店　日

　　大堂内,翟小堂正在跟一群服务员、厨师吹嘘他的金南经历。
　　服务员甲:那你这回可风光啊!
　　翟小堂:你们这辈子都体会不到,那家伙!这边县长,这边书记,走哪都是警车开道!一大群记者拍照,嚓嚓嚓……
　　张广成推门走进,翟小堂看见就要开溜。
　　服务员乙:哎,还没讲完呢。
　　翟小堂:下次,下次啊……
　　翟小堂往后厨溜,张广成追过去,大家交头接耳:这演的哪出?
　　翟小堂跑进后厨,到处找地方想藏起来,找不到,又跑过去关门,张广成刚好推门,一个用力推,一个用力关。
　　翟小堂:你别进来,你别进来啊!
　　张广成:翟大经理,怎么了这是?刚才不还吹的吗?
　　翟小堂:不关我事,不关我事啊,都是你们那个陈乡长,是他非让我这么干的!
　　张广成乘其不备挤进来揪住他衣领:他让你干,你就敢吹四千万?

翟小堂：你放手啊。

张广成：你给我说清楚就放你。

翟小堂：他说反正是意向性合同，签了他就算完成任务了。

张广成：给你什么好处？

翟小堂：真没啥好处！就给买了一身西服，然后就是这一路的吃喝啦……

张广成：就这？（放手）

翟小堂：就这！

张广成大怒：你混吃混喝不要紧，但你欺骗了金南老百姓淳朴的感情你知道不？很多老百姓准备多养猪呢，到时候都送你家去？！

翟小堂：哎呀我真没想到会有这个后果，真对不住啊！那这样啊，让我做件事表达我对金南人民深深的歉意。

张广成：你？

翟小堂靠近张广成：我跟你透露个内幕消息，绝对是重大机遇啊。

张广成：啥？

翟小堂：后天我们酒店，要承办银北县投资说明会。

张广成：这跟我们有啥关系？

翟小堂：你傻啊！到时候江南想投资的大企业家都来啊。

65.内景　出租房　夜

付光明兴奋地来回踱步,一脸狠狠的表情:绝对重大机遇!我们要充分利用这次机会,把江南有投资意向的老板,一网打尽!

点点:哇!

张广成:关键是怎么混进去呢?参加的人个个都有请帖的。

二人做痛苦沉思状。

点点:你们要是像哪吒一样会变就好了。

付光明:对呀!,我们就来做哪吒!

点点一下子跑出去,拿来一个呼啦圈和一根红布条递给他们。

张广成:这是什么呀?

点点:这是乾坤圈,这是混天绫,送给你们啦。

66.外景　酒店　日

酒店大门口鲜花成簇、彩旗招展,大门上挂着"热烈欢迎江南企业界人士"的横幅。新闻记者在拍照。

67.内景　酒店　日

酒店大堂正中悬挂"银北县招商投资说明会"横幅,横幅下的主持位置立着话筒。一字排开十几桌宴席,银北工作人员往来忙碌,服务小姐穿梭上菜,已经到的客人在寒暄交谈。

68.外景　酒店　日

客商纷至沓来,银北县的招商人员在门口迎接。门边站着礼宾引导小姐,张广成、付光明浓妆重彩、披着绶带,一身服务生打扮赫然站在其中。

银北人员:哎呀钱董事长,孙总经理,欢迎欢迎!

张广成、付光明立即迎上前去:请这边走。

二人将客商引导到拐角处站住,张广成立即掏出一个本子递过去。

张广成:请你们登记一下姓名、公司和联系方式。

客商:你们不是有我的资料吗!搞什么搞!

付光明:真对不起!我们发现有人假冒客人混进会场,为了验明正身,请您配合。

客商嘟嘟囔囔不满地登记。

付光明从衣服底下掏出自己的宣传材料递过去:这是我们县的招商材料,请多关照!

客商看一眼狐疑地走了。付张二人得意地作出胜利的手势。

银北人员不断地迎来客商,付张二人不断地重复自己的把戏。

张广成:请登记一下公司、姓名、联系方式。

付光明:这是我们县的招商材料,请多关照!

69.内景　酒店　日

席位快坐满了,礼宾小姐和付张二人都在大堂两边侍立。

付光明小声地:老张,好像还有些客商的材料没有发到。

张广成:唔,空座位也可以发。

二人转身拿来装酒水的托盘走向桌席。

张广成趁人不注意把材料放在主位的空座位上。

付光明给客人倒酒,然后拿出材料递给客商:这是我们县的招商材料,请多关照!

客商狐疑:怎么又一个县?

一群银北干部拥簇着县长进来,县长走到主位坐下,桌上放着张广成散发的材料。一个干部模样的主持人走到主持位置的话筒前。

主持人:请大家安静!银北县大型招商投资说明会现在开始,首先请我县周县长致辞,大家欢迎。

鼓掌声中,县长顺手抓起张广成发的材料走向话筒。新闻记者选好位置准备拍照。

周县长:首先,我代表县委县政府,对江南尊敬的企业界朋友们的到来表示热烈的欢迎和由衷的感谢!下面请允许我向朋友们介绍一下我们县的情况,(打开文件照读)在苍茫的关中大地,有一个历史悠久、物产富饶、交通便利、民风淳朴的好地方——金南县……

周县长一下懵了,银北工作人员也懵了,有人嬉笑、鼓噪。

客商甲:周县长,我们拿的都是这个金南县的材料啊。

客商们纷纷附和"是啊,我也是"。

县长勃然大怒,对主持人:你怎么搞的!

主持人又惊又窘:这……这……我也不知道谁发的。

客商甲一指张广成付光明:就是他们!

客商乙:对!他们还登记我们的联系方式。

张广成、付光明一看不妙想开溜,主持人大喊:抓住他们!

银北工作人员涌上抓人,场面一时大乱,新闻记者兴奋地站上椅子拍照,后厨的厨师也跑出来看热闹。二人左冲右突,撞翻了不少桌椅杯盘以及客商,最终寡不敌众,一一被擒。

主持人:说!谁让你们来捣蛋的?

二人低头不答。

县长:把饭店经理叫来!

经理巴巴地跑来,县长厉声地:你是经理?你员工坏了我的大事!你要给我负责!

付张二人头勾得更低,经理托起他们下巴一一辨认:县长,他俩不是我们饭店的!

县长:不是?!不是的话你的员工怎么任由他们穿来穿去,这里面一定有内鬼!

经理严厉的目光向服务员们扫视过去,服务员们的目光又一齐地看向翟小堂,翟小堂脖子一缩转身想溜。

经理一声厉喝:翟小堂——

翟小堂像被施了定身法似的定格。

70.内景　出租房　夜

夜深人静的巷子里,付张二人蹑手蹑脚走到出租房门口,轻轻地推开门进去。

付光明低声地:把门关好。

张广成轻轻关好门,二人蹑手蹑脚想上楼。

"还躲我是吧?!"灯光大亮,翟小堂赫然堵在面前。

翟小堂:嘿!我以为你们躲得了和尚还能躲得了庙呢!

付光明:小堂,都自己人……

张广成:是啊是啊,我们都是为了共同的理想……

翟小堂:狗屁!那是你们想。你们自己说说,我好心好意帮你们,你们却把我害苦了,三个月奖金都没了,三个月啊!你们说怎么办吧?

说完拖过桌子边的椅子坐下,跷起腿挡住去路。

张广成:我们也不是故意的……

翟小堂:说那没用。

付光明拍胸打脯:小堂,我们俩现在手头有点紧。不过你放心,等我们招商成功拿了奖金,我保证双倍还你!不,三倍还你!

翟小堂扑哧笑了:还招商!别做梦了!看看,看看(掏出一张报纸拍到桌上),你们现在是名人啦!全江南的老板可能没人不知道你们的了。

二人抓过报纸一看,报纸上头版头条登着他俩被抓住的照片,大号的黑体字标题写着"乔装改扮,招商者骗取企业信息,大闹酒会,主办方擒拿无耻之尤。"

付光明晕晕欲倒,老张慌了:光明,光明——

71.内景　出租房　日

　　阴沉的天空,雨水打在窗上。付光明蒙头睡在床上,但是不停地翻身。张广成坐在桌旁唉声叹气。点点在翻找小人书,拿了一本走到张广成面前。

　　点点:伯伯,你给我讲讲这本吧。

　　张广成:点点,你自己看吧。

　　点点:不嘛,我要你讲嘛!

　　邓玉洁进来:点点,别闹伯伯了,妈妈回房间给你讲。

　　点点:不嘛,我要伯伯讲。

　　邓玉洁:听话,伯伯有心事呢。

　　说着把点点拉走了。

　　点点在走廊上还问:妈妈,什么是心事啊。

　　张广成叹口气:光明,这样不行啊,你得振作起来!

　　付光明一骨碌坐起,面容扭曲着:振作?你以为我不想振作啊!上次回去,李二亮在我面前趾高气扬,很多人在我背后指指戳戳,王书记来之前又给我加压力,我当时就心里说,放心,老子一定招个最牛的!现在倒好,我他妈还招什么商!出门认识不认识的都嘲笑我,我都名人了都……

张广成无语,电话铃声刺耳地响起,两人都疑惑着不敢接。

付光明:你接!要是王书记,就说我不在。

付光明注意听着,张广成拿起电话:喂?

电话中:请问是金南招商引资办事处吗?

张广成:是啊,请问您是?

电话中:我是江南民间商会的秘书长,我叫崔大发。

张广成:崔秘书长?请问有何指示?

电话中:我这里有个投资项目,你们能不能来谈一下?

二人似乎不相信自己的耳朵,张广成还握着话筒,付光明赤着脚从床上蹦下来。

张广成:商会秘书长哎!

付光明:项目,找上门的项目啊!哈哈哈,(仿戏剧韵白)山重水复疑无路——

张广成:柳暗花明又一村!哈哈哈。

72.外景 一写字楼 日

雨停了,天上云卷云舒,太阳半隐半露。

一辆出租车"嘎"地停下，张广成、付光明下车，看了看眼前的建筑，二人相视点头，满怀激动地迈步进门。门边赫然挂着"江南民间商会"的铜牌。

73.内景　写字楼　日

付张二人推开挂着"秘书长室"铜牌的房门，一张办公桌上堆满了各地招商资料，一个瘦弱的老头正在打电话，一边摆手示意他们坐下，他们却恭恭敬敬地站着。

老头放下电话站起来：哎呀让你们久等了！

付光明：没事秘书长。

张广成：秘书长，我来介绍一下……

崔大发：等等！我来猜一下，你是张股长，你是付副乡长。

付张二人：您怎么知道？

崔大发拿出报纸：这上面都有照片呢。

付张二人顿感无地自容：这，这……惭愧，惭愧！

崔大发：惭愧？应该惭愧的是那些胡说八道的记者！他们看不到这里面一个招商工作者的精神。你们知道我省著名企业家邱继宝吧？

二人惶惑地摇头。

崔大发：他当年带着他研发的第一台缝纫机想参加广交会,但是连门票都买不起啊,最后跟你们一样是混进去,结果怎么样？被人逮着罚款不说,还罚站示众啊。但是邱继宝最终成功了！靠的就是跟你们一样的精神,一种让我感动到想流泪的精神啊！(付张二人脑海中闪回他们风雨中骑车、散发材料、被停车场保安追打、饭店中被人抓住的画面）

付光明紧紧拉住崔大发的手,忍不住痛哭失声：别说了,您啥也别说了！遇见你,我付光明长这么大,才知道高山流水遇知音的真正含义啊！

张广成也揉起眼睛,崔大发另一只手拍着付光明:也是你们的精神感动了我啊！我已经帮你们约了一个大企业家,马上就到！

付张二人:谢谢,谢谢！

崔大发:谢字就别提了,我也不是随便帮人的,你们看这（翻弄一大摞各地招商材料给他们看）,全国各地都来求我,我还不理呢。

一个很粗豪的声音打着电话上楼来.

崔大发:来了。

只见一个黝黑的大汉西服敞着怀、夹着个包,旁若无人地进来,径直走到沙发前坐下,兀自打着电话:你给我盯紧了,一百亿到账就打过去！还有那三千亩地拆迁的事,给地方施加压力嘛！不要什么小事都来烦我!

挂了电话就冲崔大发:老崔,什么鸟事急着喊我?你不知道我多忙啊!

崔大发:给你们介绍一下,这是钢铁行业明星企业家牛鸿鸿牛总,这两位是金南的付乡长、张股长。

牛鸿鸿:又招商的?

崔大发:这可是够意思的好朋友哦。

付光明上前握大咧咧坐着的牛鸿鸿的手:牛总,久仰大名!

牛鸿鸿很吃惊:你听说过我?

付光明不好意思:没。

牛鸿鸿放心地:哦,那就好!说吧,什么要求?

付光明谦逊地:我们要求不高,能投个三四千万就行。

牛鸿鸿站起身就要走:老崔,你玩我怎么地!这点小数我没时间耗!

崔大发赶紧拦住:大项目也可以啊,这样,我们边吃边谈,你再忙也得吃饭吧!

付光明赶紧附和:赏个光吧,我们现在就安排酒店。

74.内景 一豪华酒店 夜

桌上杯盘狼藉,牛鸿鸿犹自大吃大喝,并且叫服务员拿酒来。

张广成把付光明拉到包间外:这得多少钱啊?!

付光明咬牙:舍不得孩子套不住狼!

张广成回头瞥着包间内正在大啃鸡腿的牛鸿鸿:我怎么觉得真是狼啊?

付光明:别瞎说! 对了,你还有多少钱?

张广成掏出一张卡:都在这儿了,准备儿子上大学的。

付光明接过来:放心! 项目成了,他念博士都够了。

二人回到酒桌。

牛鸿鸿大着舌头:付乡长,你这人确实够意思。你们那儿条件虽然不适合我的钢铁厂,但是,你的事情我包了!

崔大发:赶快敬牛总一杯。

付光明敬酒,牛鸿鸿口到杯干:我只问你一个条件,你们能不能保证劳动力?

付光明:这个绝对没问题!

牛鸿鸿:好! 好! 拿出电话拨号:哈罗啊,密斯特皮,我帮你那项目找了个好地方,对,对,我们去考察一下? 小 case 啦,你尽快飞国内啊,古德拜。

牛鸿鸿打电话时崔大发向一脸迷惑的付、张二人介绍:这回不得了,牛总联系的这是跨国集团啊,已经在上海投资了一百亿的工业园。

付张二人已经目瞪口呆,牛鸿鸿接过话茬:OK了！我联系这位密斯特皮,汉语名叫皮才厚,泛美电子集团大中华区副总裁,我特铁的哥们儿。他的公司正准备建分厂,我就定你们那儿啦。你们抓紧跟领导汇报,等皮总一回国我们就去考察。

付光明已经哆嗦了:汇报,汇报！

张广成:这位皮总能投多少呢?

牛鸿鸿一伸巴掌:五十亿！

付张二人几乎跳起来:五十亿?

牛鸿鸿轻描淡写地:美元。

付张二人:美元！

75.外景　豪华酒店门口　夜

四个人出了酒店,张广成:牛总,那今天就到这儿?

崔大发拉住付光明:你们怎不知道趁热打铁的呢?

付光明:咋打铁?

崔大发:真是村里人没见过大世面！给牛总安排

个娱乐活动啊,这是他们高层人士的生活习惯。

76.内景　洗浴中心休息大厅　夜

付光明、张广成向邓玉洁叮嘱。

付光明:这可是我们的大客商哦,一定服务好!

邓玉洁:你放心好了。

张广成吞吞吐吐:还,还有,我们没多少钱了。

邓玉洁娇嗔他:说什么呢!

转身去拿工具,张广成憨笑着看她的背影。

牛鸿鸿与崔大发披着浴巾出来,付光明赶紧招呼,牛总、崔秘书长,这边请。

牛鸿鸿躺在沙发床上,邓玉洁开始做足疗,刚一上手,牛鸿鸿就疼得"噢"地一声。

邓玉洁:您是第一次做吧？习惯就好了。

牛鸿鸿:我第一次？有没有搞错哦!你尽管做。

崔大发在另一张床上做足疗,牛鸿鸿继续向侍候在旁边的付光明介绍情况,不时被捏的龇牙咧嘴:我和密斯特皮,噢,本来准备在江南,嘶——建电子,啊,工业园的,你知道,嘶,这边地价多贵。

足疗的便携灯温暖的灯光照着邓玉洁的脸,张广成呆呆的看着,邓玉洁不时抬头冲他一笑。

77.内景　出租房　日

付张二人上楼,翟小堂闻声跟上来到门口。

翟小堂:怎么说啊咱们的事?

付光明手一摆示意他噤声,拿起电话拨号。

翟小堂:呦嗬,人都说世风日下我从来不信,今儿个算是服了:真是讨债的孙子欠债的爷啊!

付光明:王书记,向您汇报个好消息!一个跨国集团愿意在我们那儿投资五十亿啊,不,是美元!对,等皮总一回来我们就安排考察。我保证跟紧项目,您放心,我保证没问题。

翟小堂张大着嘴:真成了?乖乖,五十亿!还美元!

付光明:老张,王书记对我们表示热烈祝贺,并且表示要向县市领导汇报,到时候市领导都将亲自来签约。

张广成:这个,是不是先低调点啊?

付光明:同志,胆子要大一点,步子要快一点!不要抱着农民思维不放嘛。

说着转向翟小堂:你来还是那点奖金的事吧,我说过三倍还你,还不相信吗?

翟小堂:哪里哪里,我哪能不相信领导呢!

78.外景　公园　日

张广成、付光明、邓玉洁和点点一起划船,老张在前,付光明在后。

张广成:来江南这么长时间,还真第一次出来玩呢。

付光明:开心吧,等我们合同签了,把江南玩个遍。

邓玉洁:我有句话不知道该不该说。

张广成:那就别说。

付光明:不必,我们都是久经江湖,什么大风大浪没见过,说!

邓玉洁:那我就说啦。我怎么觉着那个牛总不像什么大老板呢?别的我不知道,我就晓得他那脚不是什么有钱人的脚,这个瞒不了我。

付光明:邓玉洁同志,你在犯主观主义的错误!你知道邱继宝吗?那是真正的大富豪,但他是修鞋匠出身。我们不能以貌取人,同样,也不能以脚取人嘛。

邓玉洁:得得得,我说不过你这些大道理。

79.外景　公园　日

付光明在前面跑着,点点在后面追。张广成与邓玉洁走在后面。

张广成:我也有句话不知道该不该说。

邓玉洁:哈哈,我也是久经江湖见过风浪的,说!

张广成:你……为什么做这个工作?

邓玉洁看着他半响:我知道你……你们看不起我。

张广成:我,我绝不是这个意思!我只是觉得……你的手,不该跟那样人的脚联系在一起。

邓玉洁看着自己的手,阳光透过肌肤几乎晶莹剔透:手有手的命,脚有脚的命。你知道我干活的时候怎么想的吗?我就想,这是猪蹄子!哈哈。

张广成也笑起来。

邓玉洁:人收拾猪蹄子的时候,就啥感觉都没有了。

付光明接着电话跑过来:哎,哎,马上到!老张,快!密斯特皮来了!

80.外景　街上　日

付张二人一路小跑。

张广成:怎么又这时候约啊?是不是还得吃饭啊?

81.内景　翟小堂供职的酒店包间　夜

皮才厚像个小混混,又瘦又矮,穿着一身旧牛仔服,带着一顶牛仔宽沿帽。一群人刚坐下,崔大发就说:皮总一下飞机就赶过来了,家还没回呢。
牛鸿鸿:这个感情你们要记住!今晚可得隆重接风!
付光明:当然,隆重,隆重!
牛鸿鸿对皮才厚:把夫人公子一起叫来吧,反正都不是外人。

82.内景　酒店后厨　夜

翟小堂惊讶:全素菜啊?
张广成:你别管了,就这样上!

83.内景　酒店包间　夜

张广成:皮总,美国人是不是都很随便啊穿戴?
牛鸿鸿:皮总是从马场直接来的,是不是密斯特皮?你看这一身,多牛仔!
皮才厚:Yes。

张广成:哎呦,说到马咱俩可有共同话题了,我以前就养过马。皮总,您那马多少牙口?

皮才厚:What?

牛鸿鸿:我倒是喜欢皮总的牛仔帽,好像跟小布什那个一个款呢。

皮才厚:那边流行。

张广成一把把皮才厚的帽子拿下来:哎呦我看看,乖乖,美国总统带的!都洋字码啊,光明,你瞧瞧都啥字呀?

付光明接过:Made In China?

牛鸿鸿:要不说咱们服装业发达呢,连美国总统都带咱帽子。

崔大发:据说啊,美国人离了咱们中国制造就过不下去日子了。

一个面有菜色的女人带着一个怯生生的孩子推开门。

牛鸿鸿:夫人公子到!快里面请。老张,通知上菜吧。

女人孩子就坐。

张广成:皮总,听说美国高端人士都讲究绿色饮食,穷人才吃肉?

皮才厚:Right!富人才吃得起蔬菜,那叫科学、养生!

翟小堂端菜上来。张广成:这是酒店厨师长,听说来了美国贵宾,特地精心准备了一桌全素宴,来,尝尝!

崔、牛、皮等人面面相觑、龇牙咧嘴地吃菜。

张广成:这老美高端人士就是会享受啊,看看多健康!多绿色!Right?

崔、牛、皮只能点头,孩子小声说:爸爸,我想吃肉……

牛鸿鸿:老张,虽说啊咱们很享受这高端,但孩子,孩子低端。

张广成:行,给上个整只烤乳鸽!

烤乳鸽上来,放在孩子面前。

孩子低头啃乳鸽:爸爸,好吃!

崔、牛、皮们眼巴巴地看着。

84.外景　街道　夜

张广成架着醉醺醺的付光明往回走。

付光明:老,老张,你个……傻子,尽……灌我酒……

张广成:你才傻呢,咱俩不整高了,那还不又得去娱乐啊!

85.内景　　出租房　　日

　　老张抽着烟:光明,我总觉得不对劲!动不动就是多少亿的,怎么也不能这么寒碜吧?

　　付光明:人家那叫朴素!你没见比尔·盖茨,还抢免费车位呢。

　　张广成:而且话都说不囫囵,老外会找这样的总裁?

　　付光明:人家那叫淳朴!你别疑神疑鬼了,咱俩有啥给人骗,难道人家就来骗你的吃喝?

　　张广成:话是这么说,但这一顿上千的哪受得了啊。

　　电话铃响,张广成接电话:喂。

　　崔大发电话中:老张啊,你们马上过来谈谈考察的事情!

　　张广成捂住话筒小声对付光明:你看,到饭点就来电话了,明摆着要咱请客的嘛。继而大声对话筒:崔秘书长,是这样,我们领导已经指示要亲自来谈,以示对这个项目的重视。你看能不能等一等啊?

　　崔大发电话中:哎老张,人家皮总在国内的时间是有限的,你们不来我马上安排其他地区了哦,我告诉,抢着要的人多得是!

　　付光明抢过电话:崔秘书长,我们去,马上就去!

付光明放下电话就拿起外套:老张,动作快点!

张广成:要去你去!

付光明:你真不去?我跟你说,要是事情成了……

张广成:成了功劳都你的!

付光明:你!一气之下摔门而去。

张广成略一沉思,也出了门。

86.外景　巷子里　日

点点拿着枪一个人在瞄着虚拟的敌人,嘴里发出"叭叭"的枪声。

张广成找了来:点点,跟伯伯来。

点点:干嘛?

张广成神秘地:伯伯带你玩个更好玩的游戏。

点点:好哎。

87.内景　出租房　日

张广成拿出付光明的笔记本电脑,

点点:啊?付叔叔不让碰的!

张广成:他去喝酒了,不会知道的。

点点：噢——尽我玩喽！

张广成学着付光明的样子想插网线，点点纠正他，错了，错了，我来。插好网线，打开电脑。

张广成：点点，那叫什么狗的，能找好多东西的？

点点：不是狗，是Google！

张广成：对，对！你知道在哪里吗？

点点：我知道！（打开收藏网页）你找什么呢？可我不会拼音啊。

张广成：拼音我会。

（叠印）网页一页页打开，张广成不停地往纸上记录。不知过了多久，电话铃声响起，张广成忙着抄资料，随意地拿过话筒夹在下巴下，一听之下立即警觉起来：钱！？你要搞清楚，我马上来！

88.外景　翟小堂酒店　夜

张广成一路跑来，气喘吁吁，推门而入。

89.内景　酒店后厨　夜

张广成向翟小堂交代什么，翟小堂摩拳擦掌。

90.内景　酒店包间　夜

酒宴已残,崔大发、皮才厚都是兴高采烈,牛鸿鸿甚至搂着已有醉意的付光明的肩膀,四人正要共同举杯,张广成推门进来。

付光明站起来:正好老张!来一起庆祝我们合作成功!

崔大发:老张,跟你说个好消息。刚才皮总已经得到集团通知,决定分厂就建你们那,大中华区总裁、也是就皮总的上司也将亲临考察。

张广成兴奋地:好啊!你放心,到我们那一切高规格接待!

牛鸿鸿:这个肯定,集团的考察费用也由集团出。但是现在呢有一个小小的问题,这个问题解决了,我们立马就签意向书!(说着拿出意向书来)

张广成:什么问题?

牛鸿鸿:是这样啊,为你们的项目皮总付出了很多劳动,当然,这就算了,为了我们的友谊!但是一些具体的花费,像机票啊、国际长途啊、请客送礼啊,总不能叫皮总个人出吧?

张广成:这哪能!多少?

牛鸿鸿:毛毛雨哪,十五万。

付光明跳起来:这么多!?

张广成摆手让他坐下:国际公关嘛,不多!只要项目成了,为咱地方做点实事,这点钱我个人都可以出!

付光明迷惑地看着张广成,崔大发:还是老张明白人,要不怎么说姜是老的辣呢!

张广成:您先别夸我,我还有不明白的地方要请教三位。

三人齐声:讲。

张广成:也都是些小情况,但我们给领导汇报得具体啊,不然领导还以为假的呢。

三人:对对。

张广成:我了解啊你们集团的中国总部设在上海青浦路33号,是吧?

三人:没错。

张广成:那总裁叫什么?多大了?

三人你看我我看你。

张广成拿出一张纸:叫卡尔·斯密斯吧,58岁,美国哈弗大学经济学博士。

三人一齐点头:对对对,就他就他。

张广成:那集团负责投资的是哪几个部门啊?皮总你负责的哦。

皮才厚:这……

张广成:我告诉你吧,企划部负责全国规划、市场部负责调研、综合部负责决策报告。

皮才厚：对对，是这么回事。

崔大发：看人老张做事多细，你们也学着点。

张广成：是啊，下次就能给人说圆喽。我再问你们中国总部什么时候成立？注册资金多少？现在多少人在总部上班？

三人傻眼，崔大发：我上个厕所啊？

皮才厚：我去接个电话。

二人起身要溜，牛鸿鸿腾地站起来抓着啤酒瓶顿了一下桌子：哪儿都不许去！（二人又站住）不相信我们是不是？既然不相信，这生意就没法做了！把十五万给了！少一分，别想出这个门！

门咣当打开，翟小堂带着一帮拿着菜刀锅铲铁勺的厨师服务员堵在门口：老子地盘，谁别出门还不一定呢！

牛鸿鸿等软了：你们，你们要干什么？

翟小堂：你们定的饭，买单！

91.内景　酒店　夜

崔、牛、皮抱头鼠窜，众人嘻嘻哈哈地嘲弄、庆贺得胜。

包间内付光明却坐倒在地,抱住椅子大放悲声。

众人:怎么了这是?

付光明抽抽噎噎:五十亿,没了……

92.外景　江南古建筑风情街　日

街上人来人往,店铺鳞次栉比。邓玉洁带着点点在不远处买棉花糖,付光明目光呆滞地坐在路边。

张广成:大家出来散心嘛,你也开心点。

付光明瓮声瓮气:你们开心吧,我就这样了。

张广成:你要晓得,大家都是为你的!

点点拿着三支棉花糖跑过来,分别递一支给张广成和付光明,付光明还不肯接。

点点:拿着啊,妈妈说,吃了棉花糖会开心。

张广成逗他:是吗?

点点做示范:对啊!就像不开心,这么大,这样"哇唔"一口,你看(嘴巴吧唧吧唧然后张开给他们看)没啦,就剩下甜了。

看着点点可爱的样子,付光明不由笑了:这样?

点点点头:对,哇唔——

四个人一起走着,"哇唔哇唔"地吃棉花糖,笑声此起彼伏,引得路人纷纷侧目。

远处一个衣着邋遢而拿着帽子遮掩着的男人悄悄尾随着他们。

93.内景　风情街服装店　日

邓玉洁在看丝巾,点点指着街对面的冷饮店:妈妈,我要喝可乐。

张广成掏出钱:给。

邓玉洁:别——

张广成:孩子嘛,(见点点往外跑)我陪你去?

点点:不用。

邓玉洁:买了就回来!

点点:哎。

邓玉洁在镜子前试戴丝巾,张广成:这个好看,光明,你看怎么样?

付光明:是不错。

张广成:给你夫人带一条?

付光明淡淡的:她啊,用不着我买。

邓玉洁犹豫着放下丝巾,张广成:怎么了?

邓玉洁:算了,还是给点点买件衣服吧,你看这件怎么样?

拿起一件儿童衣服转身给张广成看,背后的镜子里正照见那个神秘男人走近点点。

邓玉洁结账拿了衣服:点点穿了一定漂亮!哎,点点呢?

三人有点慌:点点——

94.外景　风情街　日

三人跑到冷饮摊,摊主:是有个小孩买可乐的,好像,被一个人抱走了。

邓玉洁就要晕倒,张广成抓住她:玉洁,玉洁!别慌!

付光明急切地:那人什么样?穿什么衣服?往哪走的呀?

摊主:这谁在意啊!好像个子不高。

张广成:快!分头追!

邓玉洁抹着泪呼喊奔跑,兀自紧紧地抓着新买的衣服。

张广成付光明分头在人群中寻找,不时认错人。

邓玉洁拦下一辆人力车,向张广成喊:我去车站找!

95.外景　风情街　日

一无所获的张广成付光明聚到一起。

张广成:你那边怎么样?

付光明:一条街找遍了,没有啊。

张广成:这怎么办?这怎么办!?

付光明一拍大腿:哎,会不会是牛鸿鸿他们报复啊?

张广成:有可能!走,找他们去!

付光明:不行!先报警。说着身上手机响了,付光明手忙脚乱地摸,张广成一把去他身上掏出来:喂!

一个女性声音:你是邓玉洁家属吧?我们是120急救中心,她受伤了,我们正在送医院。

96.内景　医院　日

邓玉洁躺在担架车上被医生紧急推往抢救室,点点跟在旁边哭着叫妈妈。张广成付光明急匆匆追进来。

张广成:玉洁,玉洁——

点点跑过来:伯伯……

张广成一把抱起点点,抢救室门已经关上,护士拦住他们。

点点还在哭,张广成抱着他坐在椅子上安慰他:点点,不怕!伯伯在呢。

付光明蹲在面前:点点,好好想想,怎么回事啊?

点点抽抽噎噎地:那个人要带我坐汽车,妈妈不让,他就打我妈妈。

付光明:那个人是谁?

点点:我不认识。

97.内景　病房　日

邓玉洁躺在病床上,头上缠着纱布,医生正在挂水,点点、张广成和付光明进来。

点点扑上前去:妈妈——。邓玉洁一只手搂住点点,母子俩哭作一团。

张广成:医生,怎么样啊?

医生:断了两根肋骨,头部外伤,要观察有没有脑震荡。

付光明:他妈的什么人,下手这么毒!

两个警察进来。

张广成急切地拉住警察的手:警察同志,歹徒抓住没有?

警察：当场就被群众扭送派出所了，我们是来调查取证的。邓玉洁，请你说说当时的经过。

邓玉洁：他，他会坐牢吗？

警察：他诱拐儿童、加上伤害他人，差不多吧。

邓玉洁：警察同志，能不能请你们……把他赶走算了？

警察：什么？！

邓玉洁：他，他是孩子的爸爸。

98.内景　病房　夜

张广成从一个保温桶内舀了汤，端在手里，却有点不知所措，邓玉洁挣扎着想坐起，牵动痛处"哎哟"一声。

张广成：你还是躺着吧。决然地坐下，勺子舀了汤递到邓玉洁嘴边，邓玉洁不由红了脸，张开嘴喝了一小口，眼泪却扑簌簌流下来。

邓玉洁：其实，我就嫁在你们西边的乡里，媒人介绍的。开始都不知道，结了婚才晓得他最好赌，输了回来就打我，(闪回画面) 我曾经想生了孩子会好点，哪知道打得更厉害。我要离婚，被打得不能下床；我想寻死，可担心死了孩子还能不能活。他把家里值点钱的东西都输了,有一天甚至要卖孩子。我实在过不下去了,拼了命才带着孩子逃到这里。不知道他哪天又会找的来。

张广成:不要怕!我……我们一定帮你想办法!

99.外景　出租房　日

巷子里,张广成拿着包袱扶着邓玉洁从出租车上下来,点点飞奔着迎出来,大叫妈妈。付光明也过来帮着拿东西。

100.内景　出租房　日

东西放下。邓玉洁:给你们添麻烦了。

付光明:不麻烦。哎,对了,把你身份证给我,我县里民政和法院的朋友都说了,一定把你离婚办下来。

邓玉洁:那感情好……就,就怕他不同意啊。

付光明:哼!由得了他!不办他虐待妇女儿童罪就不错了。

邓玉洁:谢谢,真的谢谢了!其实我……我有个项目,一直没有说。

付张二人:啥?项目?

邓玉洁有点扭捏:嗯,有个老板真想投资……这是他名片,你们去看看吧。

掏出一张名片,付张二人疑惑地接过。

101.内景　服装厂车间　日

一个六十多岁的老头傲气地带着张广成和付光明巡看介绍,付光明张广成恭恭敬敬地跟着。

老头:我这些产品全部出口,欧美、东南亚、澳大利亚,一年产值两个亿。现在急需要扩大产能,订单做不过来啊。

102.内景　老总办公室　日

付张二人就坐,秘书递上茶水。老头坐在办公桌后,手里拿着他们的宣传资料轻轻拍着桌面。

老头:你们的资料我都看了,土地、税收政策还不错,一些基础设施也算行,关键是劳动力比较富裕。

付光明:劳动力资源正是我们的优势。

老头:我打算投资五千万,第一期先投三千万。

付光明:太好了!

老头:但是——

付张二人:怎么?

老头似笑非笑地盯着他们不语。

付光明:有什么您尽管说嘛!

老头:你们跟邓玉洁什么关系?

张广成:老乡。

付光明:还沾点亲。

老头:喔,怪不得她见谁都帮你们宣传呢,都叫领班批评几次了。这样,这件事你们帮我办成了,我立马就投!

付光明:您说。

老头:我一个看相的朋友,大师啊,说小邓笃定能生儿子,啧啧,那屁股!我现在要啥有啥,就缺一个茶壶嘴了。怎么样?

付光明:这……

张广成径直走上前去,一杯茶叶水倒到他头脸上:去死吧老绝种!

103.内景　出租房　日

付光明在玩电脑,张广成拿着衣物进来。

张广成:光明,我跟你说个事,孩子这几天就要高考,我无论如何得回去一下。

付光明:去呗,反正屁事没有。我也想回去呢,天天干耗着,好人都他妈能憋出病来!哎,我听说好多招商点都撤了,就咱们乡还他妈在这撑着。

张广成:做一天和尚撞一天钟吧,我走了,你有时间也跑跑。

付光明:我这不在网上查的嘛。

104.外景　校园外　日

校门口悬着"祝广大考生考试顺利"的标语,保安站岗。门口等着很多家长,张广成提着保温桶也在等待,一名家长跟他聊天。

家长:你这备的什么呀

张广成:绿豆汤,解暑。

一个干部从人群中挤过来:老张!张广成——

张广成看过去,干部跑到跟前:快!王书记让你立即到他办公室去。

　　张广成:考试马上就结束了,等等不行吗?

　　干部:不行! 马上去! 孩子我帮你等。

　　张广成把保温桶交给他匆匆离去。

105.内景　王书记办公室　日

　　王书记正在看材料,见张广成进来站起来:老张,你马上回江南! 付光明正在谈一个大项目,已经八九不离十了。

　　张广成惊喜:真的?!

　　王书记:你去表明乡里的态度:不管对方什么条件,乡里都大力支持! 一定要把项目拿下来!

　　张广成:我保证!

106.内景　客车　日

　　汽车飞驰,张广成焦急地看着窗外。

107.内景　出租房　日

张广成迅速爬着楼梯:光明,我回来了!

付光明从室内跳出来:就等你了!关键时候,我可没有吃独食啊!走,现在就去把合同签了!

张广成:你让我歇口气成不?

付光明:成,成!

张广成进屋放下包,倒了一杯水喝了一口并转头打量:哎?点点呢?

付光明:又发烧了,玉洁带去挂水了。

张广成一口气把水喝完:好吧,说说你打的大胜仗,我也高兴高兴!

付光明兴奋地:这回全是这高科技立的功!我在网上看到这个厂整体搬迁的信息,第一时间赶过去与老总见面,已经基本谈妥啦!怎么样?王书记也高兴吧?

张广成:高兴!王书记说不管什么条件,都全力支持!

付光明:这就齐了!走!

108.外景　伟业化工厂门口　日

硕大厂门镌刻着"伟业化工"字样,门口挤着很多招商引资人员，嚷嚷着要进去洽谈，门卫在阻拦。付光明与张广成走来。

付光明得意地：这帮傻帽！现在才来，黄花菜都凉了！

二人径直走到门口，付光明跟门卫打招呼：李师傅。

门卫：快进去吧，吴总等你们呢！

打开门放二人进去，又关上门。

一群招商者叫起来：哎哎，他们怎么能进去？！

109.外景　化工厂区　日

二人穿过厂区，一些戴口罩的工人在工作，一些塑料桶上印着明显的有毒标志。

张广成直吸鼻子：这什么味儿啊？

110.内景　老总办公室　日

吴总：付乡长，你确保你们地方能通过环评？

付光明：这样吴总，我不吱声，让我们刚刚从乡里赶来的张股长说！老张，说说乡里的态度。

张广成：我们乡党委王书记表示：不管你们什么条件，我们都全力支持！

吴总：那好！我们签合同吧。

说着拿出合同文本和笔，递一份给付光明，二人坐下正准备签。

张广成：哎吴总，我想请教一下，您厂子好好的为什么要搬迁呢？

付光明使眼色并且小声阻止：老张！

张广成不理他。

吴总：是这样，市里说我们环境检测和排污不合格，逼我们搬迁。

张广成：搬到我们那儿就合格了？

吴总：哎？你们不是答应负责环评的吗？

张广成：那一纸空文有什么用！关键会不会污染？

吴总恼怒地搁下笔。

付光明：张广成！这不要你管！吴总，我们签吧！

张广成：付光明！县里也是有引资质量规定的，你就是签了，我也一定告下来！

吴总：付乡长，这事就到此为止吧！

付光明哀求：吴总，吴总！咱们别理他！您知道我们书记都表了态的……

吴总叫秘书：小郑，把外面其他招商的喊进来。

111.外景　化工厂门口　日

张广成追着付光明:光明,光明——
气冲冲的付光明往厂门外走,门外的人蜂拥着挤进来。

112.内景　出租房　夜

张广成拿了两瓶好酒进来放在桌子上,看了一眼付光明,付光明正背朝着他闷睡。他又来到厨房,邓玉洁忙上忙下地做了很多菜。张广成插不上手,歉意地说:"辛苦了。"邓玉洁对他一笑。

点点进来:哇,这么多好吃的!

张广成搬起桌子:来,开饭啦!

点点兴奋地:我拿筷子!

张广成把桌子搬到自己房间里,邓玉洁上菜,点点放筷子:两双,三双,四双,好啦!

张广成:光明,来! 吃饭。

付光明一动不动。

点点:叔叔,可多好吃的啦。

邓玉洁:老张还特地给你买了好酒。

付光明:都叫他吃吧、喝吧！高兴吧！我不吃！

张广成:怎么跟个娘们似的。

付光明一骨碌坐起:谁娘们！谁娘们！

张广成:不是娘们就喝啊！

付光明赌气地趿着拖鞋坐到桌边，把酒杯往前面一顿，老张给他倒上酒:这杯我敬你。

付光明一口干了:我受不起！张广成，我真是倒了血霉了遇见你！你哪是跟我招商啊，你就是存心来坏事的！你一直对我有意见，你嫉妒我做了这个副乡长是不是？

又端起酒一饮而尽，挑衅地看着张广成。

张广成:是的，我以前是对你有看法。我看不惯你耍官腔、说大话，看不惯你对领导的巴结样。但是到江南，我发现其实你心不坏，积极、肯帮人。

付光明:说这些有什么用！找个项目多不容易啊我，你一句话搅黄了！以后上哪再去找？！

张广成小心翼翼地:你不是一直说你老婆的舅舅……

付光明控制不住了:什么舅舅！那是狗日的畜生！流氓！两个奸夫淫妇……

付光明趴在桌上呜呜大哭，张广成目瞪口呆。

点点害怕地偎进邓玉洁怀里:妈妈……

付光明:我本来想争口气，作番大事情！现在好，连这副乡长都保不住了！我,我还立什么军令状呢,哈哈哈,真他妈自己挖坑自己埋啊!

张广成:光明,你知道吗? 22年前,我从农校分配到县农委工作,也一心想干个大事情。我在报纸上看到个外地公司推广种植山茱萸,保证技术扶持,又保证高价收购,吹的天花乱坠。我看这是富农的好项目啊,说服领导大面积推广,也立了军令状。很多农民贷款种植,结果没人来收购,有两个农民喝药的,一个跳河了。我自请处分到乡里工作,每个月一半工资寄给这三家。(端起酒喝干)但这有什么用啊! 钱,还不了你欠下的债啊……

付光明:可是,那个化工厂虽然有污染,但我们可以要求他们增加污水废气处理设备啊。

邓玉洁:我说说我的故事吧。我刚到江南就进的伟业化工厂打工(付张二人一惊互望),他们生产的是全世界都不产的农药原料,剧毒啊。厂里根本不搞什么污水处理,那样就没什么钱赚了。那时点点还小,没人照顾,我上班就带在身边,就得了这慢性病。后来我才晓得,那污染是处理不了的……(抹泪)

付光明:你没有去找他们?

邓玉洁:找了,那姓吴的恶狠狠地说:你自找的! 我们没请你。

张广成:这些人,心已经污染了,烂透了!

付光明:问题是……现在怎么办?

张广成:踏踏实实从头来!从明儿起,你就呆家里上网,我骑车一家一户跑,不招着个好项目,我张广成就不回去!

付光明:还分啥你我!都一根绳上的蚂蚱,不尿一壶成吗?

张广成:好!咱哥俩算是交心了,以后就一起尿!

点点:我也要尿。

张广成:哈,小东西,行!来,干杯!

点点拿他的饮料:干杯!

四人干杯,电话铃声响起,张广成起身接电话:喂,王书记?

王书记电话中:乡里决定,江南点撤销,你们明天就给我回来!

张广成:王书记,我跟光明还想继续招商……

王书记电话中:随你们便!我丑话说在前头,招商经费停发!

张广成:哎,王书记……

电话已经挂断,张广成握着话筒呆立。

付光明急切地:怎么说?

张广成黯然地:叫我们回去,江南点撤了。

付光明:不能回!

张广成:但经费没了,怎么办?

付光明咬牙：自己找钱！我就不信活人能给尿憋死！

邓玉洁：我有个办法，

张广成：快说！

邓玉洁：我每天买早点，都要跑老远，而且这里早点也不好吃。我想要是在巷口卖早点……就怕你们都乡长股长的。

付光明：什么乡长股长啊，就这么干！

张广成：《招商宝典》上也有这么一招：打工招商……但是卖什么啊？我那白水面肯定不成。

付光明：我们老家的酥皮火烧怎么样？

张广成：那是没话说！可谁会做呢？

付光明：我啊，在家饭菜都我做。

张广成：你这家伙！隐藏得深啊。你晓不晓得，我馋这火烧早像孕妇害嘴啦。

众人哈哈大笑。

113.外景　街边　晨

一个红纸大招牌：酥皮火烧，一品难忘，金南县招商引资处真情奉献！炭炉案板前，付光明一副厨师打扮，忙得不亦乐乎；张广成高声吆喝：金南人民真情奉献，香香的酥皮火烧嘞，快来买啊——

生意火爆,张广成给每个顾客都送上一本宣传材料:这是我们的招商资料,请多关照请多宣传。

人们吃着火烧:嘿,这点子,绝!

114.内景　出租房　夜

付光明在上网,张广成在桌上结账。

张广成按捺着喜悦:光明,你猜猜多少?

付光明头也不抬:多少?

张广成:不多不少,四百!

付光明跳起来:多少!?

张广成:四百啊。

付光明围拢来:乖乖,一天四百,一月就是……一万二啊!赶上咱半年工资啦。

115.外景　街边　日

(叠印)付光明不停地做火烧,张广成不停地发材料。

一个女子挽着一个老外路过,女子突然又跑回来。

女子:给我来一份。

张广成递过火烧,跟着又递过宣传材料。

女子:这是什么?

张广成:这是我们县的招商引资宣传材料,请关照!

女子接过就走,嘴里嘟哝着:切! 真想得出! 随手扔在路边。

张广成透过人群看见,跑过去捡起来追上去:姑娘,请等等——

女子和老外站住,张广成双手递过材料。

女子愠怒地:告诉你,我不需要!

张广成固执地伸直双手:或许你不会投资,没关系。但这里面是金南人的一片真诚,请收下!

女子昂着头冷笑,老外看着女子又看看张广成,双手接过材料,连声说:Sorry! Sorry!

张广成看着二人离去的背影,老外似乎在批评女子不礼貌。

116.内景 出租房 夜

张广成、付光明各自躺在床上。

张广成:材料快散完了,怎么都跟打了水漂似的,一点反应都没有?

付光明：哪能这么快。
张广成：要不，有空再去跑跑？
付光明：行。

117.外景　街边　日

付张二人在卖早点，一个带墨镜的女子站到摊前。
张广成：姑娘买火烧？又香又脆……
女子摘下墨镜，张广成不禁哑然，正是那天的女子。
女子微微一笑：今天不买火烧，来投资。
张广成：啊？
女子：你那天的举止打动了我们集团总裁，他回去仔细研究了你们的招商材料，决定在你们那儿投资五十亿美元兴建分厂。
付张二人呆了，张广成矫舌难下：就，就是那位……
女子：对！我们总裁卡尔·斯密斯先生。
付光明：能不能请教一下你们公司的名称？
女子：泛美电子集团中国总部。跟我走吧？
付光明、张广成相望惴惴：不会又是骗子吧？

118.外景　奠基工地　日

彩旗招展,锣鼓齐鸣,农民们白羊肚头巾、大红腰带跳着腰鼓舞。

铺着红地毯的主席台上,大幅背景上喷绘着"泛美电子集团金南分厂开工典礼"。

主持人高声宣布:下面有请泛美集团大中华区总裁卡尔·斯密斯先生,集团董事局秘书黎燕女士,市、县领导,县招商局局长、招商模范付光明先生为项目奠基!

掌声乐声中,众人拿起系着红绸的铁锹准备铲土,卡尔·斯密斯东张西望并且跟那个叫黎燕的女子咕咕唧唧说着外语。

付光明:斯密斯先生说什么?

黎燕:他问怎么不见那位张先生。

付光明:哦,老张啊。请告诉斯密斯先生,因为乡镇机构改革,张广成同志已经提前退休了。

孙燕向斯密斯耳语之后又问付光明:斯密斯先生想知道,他现在在哪里?

付光明笑了,他拄着铁锹直起身来望着远方:他啊,在江南。

119.外景　江南街边　日

　　一个红纸大招牌:酥皮火烧,一品难忘,金南县招商引资处真情奉献！炭炉案板前,张广成一副厨师打扮,依然穿着那双系着红鞋带的旅游鞋,正忙着做火烧;点点调皮地吆喝:金南人民真情奉献,香香的酥皮火烧嘞,快来买啊——。

——剧终——

【微电影剧本】

家政女人

Domestic woman

张永江

1.内景　刘芸家　日

　　这是一个干净利落的家庭,几盆土陶种的花茁壮成长着。简单的家具,整整齐齐地摆放着。
　　一排木椅子,靠墙边摆放着,墙上有几张大小不一的奖状。在靠窗口边,一张很大的木桌上,放着一个暖壶、一只铁皮茶叶盒,几只倒扣着的茶杯。
　　王小玲正在做作业。
　　门被打开,王小风兴冲冲地进来,手里拿着一张纸片。
　　王小风还没放下书包,就喊叫:妈,妈。
　　王小玲抬头,手里握着笔,有些不耐烦:妈还没回来,就你会叫唤,每天这样,烦不烦?
　　王小风放下书包,拖着拖鞋,大大咧咧地走过来:你就是看我不顺眼,妈哪?

王小玲低下头继续做作业:不是告诉你了吗？没回来。

王小风不高兴了:王小玲,你态度好些行不行？我也没问你。

王小玲继续写作业:那,你去回别人吧。

王小风哼了一声,径直向另一个房间走去:小宝,小宝？

门被推开,王小宝露出了一张小小的脸,脸上有几颗雀斑:二姐,你又考第一名了？

王小风乐滋滋地扬了扬手：不是,是爸汇钱来了。你看,三百块呢。

王小玲转过头来,站了起来,向他们走来:我看,爸现在在哪里打工？

王小风把汇款单藏在身后:你不是不听吗？就不给你看。

王小玲笑了笑了:好妹妹,我是逗你玩的,姐什么时候不喜欢你了？

王小风呶着嘴,双眼仰望着屋顶:你就不喜欢我,嫌我吵闹。

王小玲从口袋里掏出一个发卡:看,给你的,不喜欢你能给你买这个？

王小风目光向下一望,头随即低了下来,看着王小玲的手:真给我的？

王小玲得意洋洋:你那么爱美,不给你给谁？要不,我给隔壁的红茶？

王小凤伸出手去:拿来。

王小玲也伸出手来:拿来。

王小宝也向王小玲伸出了二只黑乎乎的手:姐,我的呢？

王小玲拿过了汇款单,边看边对王小宝说:没你的,大男人,要什么。

王小宝可怜巴巴地看着王小玲:好姐姐,我很听话的。

王小凤边把发卡向头上别去,边说:姐,给他吧,小宝真的懂事了。

王小宝向王小凤抿着嘴笑了,边向大姐:大姐,给我吧？

王小玲看完汇款单后,把左胳膊一抬:自己掏吧。

王小宝的手伸进王小玲的衣服口袋,兴奋地叫了起来:姐,你真好。

王小凤:什么东西？

王小宝举起来:一颗巧克力。

王小凤:大姐,有我的吗？

王小玲脸色沉了下来:你多大啦？还要多吃多占了？

王小凤不再言语,最后才嗫嗫道:我只是问问。

王小宝高兴地拿着巧克力：谢谢大姐。

王小宝转身向自己出来的那间屋子走去，门轻轻地关上。

门里传来一阵得意而快乐的笑声。

王小玲也脸色幸福地看着王小风，听着王小宝发出的声音。

2.内景　家政公司大厅　日

　　一张木桌摆放在屋子的中央,四周有七八个女人。刘芸和陈开珍也站在一边。她们在人群里轻声地说着话。

　　刘芸:你家来信了吗?

　　陈开珍:到深圳去了都两个月了,还没打过电话。

　　刘芸:长途电话多贵呀。

　　陈开珍生气地说:我是不是他老婆?和他的小老婆过吧。不理我,我还自在。

　　刘芸笑了:真的?

　　陈开珍笑了:死东西,男人一出门就花了。那个花花世界,真难说。

　　刘芸笑着:你可要管好了。

　　陈开珍也笑着说:你家的那位,给你来信了?

刘芸:两个月前来过一个电话,说找到工作了。

陈开珍:没寄钱过来?

刘芸:快了吧。他们在外地也不容易。安全就好,听说,南边净出事故,让人操心死了。

陈开珍:听说还拖着工资不发。

刘芸:就是的。

一个中年男人走了进来,他手里拿着一大摞子信封,走到了木桌前。一屋子妇女全围过去。

中年男人从人群里挤着,走到了木桌边,大声道:别挤,都有的,都有的。

一个妇女叫着:刘经理,快发吧,我家里孩子还等着。

另一位妇女说道:刘经理,是不是增加工资了?

中年男人笑了:大伙先安静一下,这个月,大家做得都很好,加上服务收费标准提高了一些,公司的效益也好了,我们商量了一下,决定这个月每人增加60元,当然,按惯例,没接工的休息半天。好了,我开始发放了。

妇女们一阵快乐的说笑声。

中年男人:好了,我先宣布,叫到一个,上来一个。

中年男人:刘巧儿560元,上来;

一个中年妇女从人群里走出来,上前拿着了一个信封,她掏出来仔细地点着。

中年男人:荆小红 485 块……刘芸 580 元……陈开珍 560 块……

刘芸高兴地接过信封来,熟练地一把掏出来,一张一张地点了起来。

刘芸把信封放在上衣内,她的脸上一片幸福的色泽。

陈开珍把脸凑了过来,小声问刘芸:你想到商场去吗?

刘芸摁了摁上衣,满足的眼神:嗯。

3.内景　商场　日

商场人群如潮,进进出出的人群里,手提着大包小包,男男女女,有结伴的,有单个的。老人,孩子,噪声一片。

刘芸和陈开珍推开门,走了进来。

几个年轻人从她们的身边走过,年轻人手里提着大包小包。

刘芸边走边问:开珍,你想买点什么?

陈开珍跟在刘芸的一边:先给老人们买件春天的衣服,天热了。你呢?

刘芸想了一会:给三个孩子一人一件新衣服,他们长个子了,以前的衣服穿短了。

陈开珍:让老二穿老大的,不就行了。

刘芸:你不知道,我家老二,俏着呢。光捡姐姐的旧衣服,老早就不高兴了。

陈开珍:咱们的孩子可不能像城里人那样惯。

刘芸:我家老二,经常演出节目,一个小姑娘老穿旧的,也委屈了她。

陈开珍:也是的,怪就怪咱们钱少。

刘芸:对了,开珍,我想过了,以后咱俩在一起,多做些工,才能生活好些。

陈开珍:我家那两个孩子上学太贵了,每个月都要几百块钱的这费那费的。你家也是吧。

刘芸和陈开珍边走边说,走到了一个鲜花摊位,她们停住了脚步。

刘芸看着一片各色的鲜花,那片花开得很鲜艳,刘芸忍不住走上前,看了起来,接着又嗅了起来。

陈开珍也手捏着一枝康乃馨,仔细地看着。

一位年轻的女子走了过来:大姐,要吗?现在便宜了。

刘芸突然醒了过来似地,往后退了一步,对年轻女子说:先看看,先看看。开珍,走吧。

刘芸拉着陈开珍走了。

年轻女子冲着她俩招揽生意:大姐,需要什么,给你内部价,很便宜的。

刘芸回过头去,看了看那片鲜艳夺目的花,笑了笑。

4.内景 刘芸家 日

王小凤头上别着那枚发卡,向做作业的王小玲蹭了过来:姐,妈什么时候回来?

王小玲头也没抬:你肯定有事?

王小凤:姐,老师说,明天我们班要代表学校,到市上演出。我想换件新的衣服。

王小玲有些生气地说:你的事真多,又是衣服,又是鞋子。咱妈挣钱容易吗?

王小凤低着头:我给老师说,我不想去,老师不高兴。说我唱的好,能获奖。

王小玲:获奖又怎么了?不就给老师评职称加分。

王小凤:爸刚才不是寄钱了吗?

王小玲生气地说:我说你咋这么兴奋,原来,你早打主意了。

王小风小声道:那,明天,我和老师说不去,行了吧。

王小玲:小风,你没见妈给人干活吧,那么高的楼,把身子伸出来,多危险呀。再说,小宝也快上小学了,那学费多贵呀。

王小风:姐,我看见过。真的,是给我同学家擦的。

王小玲充满同情地看着王小风:要不,你和老师说说,不去了行吧?

王小风低着头,泪水涌了上来,轻声道:嗯,姐,我听你的。

王小玲也伸出手来,搭在王小风的肩头:小风,我们这样的家庭,只有考上大学,只有好好学习,才能改变命运。你以后也要刻苦一些了,再说,小宝也快上学了,不定多少事。

王小风抬起头来:嗯。

王小宝走了过来,他伸出手把一块巧克力递了过来:大姐,二姐,你们也尝尝,可好吃了。

王小风先说:小宝,你吃吧,我和大姐都不喜欢。

王小宝不解:这么好吃,你们不喜欢?那妈妈一定喜欢,我给妈留着。

王小玲和王小风相互看了一眼。

5.内景　商场　日

　　刘芸和陈开珍一起在各个摊位上穿梭着,她们一会儿捏捏孩子的衣服,一会摸摸女人的衣服,衣摊上的女老板一件件地拿出来,她们一件件地在自己的身上比试着。

　　刘芸拿着一件孩子的衣服:老板,这件衣服能再便宜些吗?

　　女老板和气地说:大姐,这件是品牌,进价就很高,不能再便宜了,200块是最低的啦,大姐。

　　陈开珍对老板说:这样吧,我们先看看别的。

　　刘芸笑了笑,对老板说:一会我们再来。

　　一件童装摊位前,刘芸对一件男童装仔细地看了看,拿在手里摸了一会,然后放下。

　　陈开珍也上前摸了一会。

刘芸拉了一下陈开珍：咱们走吧。

6.外景　街道边　日

在街道边,有一片摆放衣服的摊位。几个商贩胳膊上搭着各种衣服,向一个个来往的人叫买着。

刘芸和陈开珍走了过来。

男商贩迎了上去,面带笑容:二位大姐,想要些什么?

刘芸:有没有孩子和老人的衣服?

男商贩笑容可掬:有,有,品种齐全,价格便宜。

陈开珍问道:价格怎么便宜法?

男商贩大声道：全是30块以下的衣服,质量保证。

刘芸向陈开珍望了望,俩人心照不宣:能打几折。

男商贩为难道:最多打个二折吧。

陈开珍:好吧,我们先挑挑。

刘芸和陈开珍在摆满衣服的地摊子前蹲了下来。一件件地仔细地挑选着衣服。在她们的身边有十来个中年女人也在挑选着衣服，她们把挑出来的衣服拿在手里，和男商贩讨价还价。

7.内景　刘芸家　日

木桌上摆放了几个菜,木椅子已摆好,一大壶奶茶在厨房里呼呼地冒着热汽。

王小玲正在洗涮着菜板和锅。

王小风在做作业。王小宝手托着双腮,静静地趴在桌子上,一动不动地望着菜。

门响了,刘芸手提着大包小包走了进来。

王小宝猛然扑了过去:妈。

王小风走了过去,接过刘芸手里的东西:妈,咋买这么多东西。

王小玲也从厨房里伸出头来:妈,吃饭了。

刘芸把手伸到王小宝的头上:小宝,饿了吧?

王小宝从衣服掏出个纸包,打开,伸向刘芸:妈,你吃,可好吃了。

刘芸一楞:什么东西?

王小宝快乐地大声说:巧克力。

刘芸:你们几个过来,试试衣服。

王小风一听,忙打开手里提着的包,惊喜地叫了起来:姐,妈给你买了新衣服。

王小玲擦着手里的水珠,快步走了过来:妈,你发钱了?

刘芸笑着:这个月增加了工资。快试试吧,你们每人一件。

王小风手里拿着一件,正兴奋地在身上左转右看地比划着。

王小风:姐,我明天可以参加演出了。

王小玲笑着:好好表演,获大奖。

王小风笑着:我一定!

阳光照射过来,几个孩子的面孔红润润的。

刘芸的脸上露出了幸福的笑容。

8.外景　住宅小区　日

　　小区内一片阳光明媚,小区的楼房漂亮而高耸,零零散散的男女,悠闲地在小区里的水泥小路上行走着。一阵微风吹过,一片才栽种不久的树,枝条在摇曳着。
　　一座漂亮的高层洋楼,在小区内很时显眼。
　　在半空中,一间楼房的落地窗被打开,一位身着劳动服装的女人,慢慢地探出身子,接着又一位身着劳动服的女人也探出身子。
　　她们每人手里抓着擦拭的布子,小心而用力地擦拭着楼房的玻璃窗子。
　　阳光照到她们的脸上,先是刘芸,然后是陈开珍。
　　她们头戴着白色的布帽子,满脸大汗地劳动着。
　　刘芸侧过脸,向另一边的陈开珍:小心点,手一定抓紧些。

　　陈开珍边擦拭着:没事,你也注意些。

9.外景　街道上　日

　　在一片树荫外,刘芸和陈开珍坐在地上,旁边放着两盒吃空了的快餐盒。刘芸正在给陈开珍按摩着肩膀。
　　刘芸边轻轻地按摩边埋怨着:让你注意一下,你没听到是吧,把肩膀硬是撞到窗框上,都紫了。
　　陈开珍:这算什么事？我在家种地时,比这受的累多多了。
　　刘芸:你也种过地？我种过,那时我才结婚不久。
　　陈开珍无限感叹道：我也是，我们俩在地里浇水、间苗,静静的,多好呀。
　　刘芸接着:我家那家伙种地可好了,我坐在一边看着他,他不让我干活。
　　陈开珍开玩笑:是怕你累着吧,心疼你啦?

刘芸嗔怪道：你不是？是不是找个地方亲嘴了？

陈开珍没有接话，而是叹息道：唉，地被买了，盖了大楼，可没有咱一间。

刘芸也叹息着：人也就那么几天的风光。我家也一样，地全没有了，都盖了工厂。

陈开珍转过身子：我也替你按摩一下吧。

刘芸：不用了，一会儿还有一户人家，看人家的大窗户，阳光全进来了，多好呀。

陈开珍生气道：你看刚才那家，肯定是个当官的，那么多的东西不吃不用，全放着。我还看到有茅台酒了呢。那可是很贵的东西。

刘芸感叹道：人就得认命，人不能比人呀。

陈开珍：这城里的人，命真好，你看那家的女的，多享福，我要过上一天这样的日子，就心满意足了。

刘芸看着远处如潮水一样的车流，她眼里含着泪花，没有吭声，只是轻轻地按摩着。

10.内景　住宅楼　日

这是一幢旧楼,楼道里摆放着许多陈旧的家具。
刘芸和陈开珍手提着布袋走了上来。
刘芸掏出一张纸片,看了看:是这里。
陈开珍伸手敲门。
一会,防盗门打开了,一位老太太探出头来:你们是?
刘芸笑着说:大娘,你好,我们是家政公司的,是你叫的家政吗?
老太太立即打开了大门:是,是,进来吧。

11.内景　刘芸家　日

夜色落下厚厚的幕布,屋顶上垂下了恬净的日光灯管,明亮的光线轻轻洒满一地。家里非常安静,王小玲和王小风在木桌上做着作业。

在卧室的床上,刘芸正趴着,王小宝用小小的手,在给她按摩着背部。

刘芸把头侧过来:小宝,你想妈妈吗?

王小宝坚强地:不想,因为妈妈干工作,挣钱。

刘芸又问道:你一个人在家,怕不怕。

王小宝用力揉摩着,一脸汗水,神情不变:我是男子汉了,姐姐说,男子汉不怕的。

刘芸不吭声了。

王小宝疑虑了一会,才慢吞吞地说:妈,我想上学。隔壁红茶的弟弟都上学了。

刘芸一惊:你才6岁,明年才能上学呀。

王小宝争辩着:红茶弟弟还没我大哪。

刘芸翻过身子,王小宝跪在床上,用力搓着刘芸的大腿。

王小宝惊讶道:妈,你的脚爱伤了。

刘芸:没事,小宝,妈不小心崴了一下。

王小宝:妈,你等着,我拿膏药。

王小宝翻身下床,到客厅的柜子里翻腾着。一会儿,就拿来了一副膏药。他小心地把刘芸的脚抬起,放在自己的胸口,用心地贴了起来。

刘芸望着儿子,看着他一头大汗。她伸出手来,擦拭着王小宝额头上亮晶晶的汗水。

王小宝抬起头,笑了:妈,没有了。

王芸的眼睛里,一包泪水在翻动着。

王芸摸着王小宝的脸:小宝,咱下学期上学去。

王小宝先是一楞,然后高兴地跳了起来,跑到客厅:姐姐,姐姐,妈说让我上学啦。妈说让我上学啦。

12.外景　碾子沟客运站大院里　日

　　一排排外地长途客运车杂乱地停放在院子里,一个人正握着水管子冲洗着满是泥土的车子,一个人正用拖把仔细地擦拭着车身。
　　冲水管的管子一下脱手,水溅了那个人一身,帽子被水冲落到地下,刘芸忙蹲下,伸手拿起湿淋淋的帽子,一头长发沉重地贴在她的背后,后背是湿乎乎的一大片。

13.内景　机关大楼　日

　　正时上班的时候,大门被一次次打开,一个个衣着整齐的男女,昂首阔步走了进来。在一边拖地的刘芸忙闪身让开。
　　刘芸戴着口罩正用力地来回拉推着拖把。她额头上的头发湿漉漉的。
　　又一群人走来,他们在大声地喧哗着。
　　刘芸忙直起身子,站在一边,让他们从刚拖过的地面上走过。

14.外景　街道边　日

依旧是行人如织,车流如河。一个身着劳动服、头戴口罩的人在清扫着行人扔下的垃圾。她就是刘芸,行人走过的时候,她一个人空荡荡在用力清扫着地面。

又一群放学的学生背着书包,成群结队地从人行道上走过。王小玲也在其中行走着。

一个女中学生:王小玲,你有时间能帮帮我吗?

王小玲回过头来:行呀,那只有晚上有时间,最好你到我家。

女中学生:我爸说了,让我给你付费的。一天20块行吧?

王小玲沉吟着。

女中学生:你只辅导英语,要不就25块?

王小玲:一天就 20 块吧,从今天开始?

女中学生:我给我爸打个电话,行吧?

女中学生从衣服口袋里掏出小灵通,拨出一组号码:妈,我是悦宁……

王小玲向四下张望着,突然她楞住了,她看到空旷的一片地上,妈妈正在用力地清扫着。

王小玲丢下女同学,向王芸跑去:妈!

刘芸攥住了手中的扫帚,直起腰来,边拍打着,边说:小玲,妈妈一会就完了,你快回家吧。

王小玲欲抢扫帚,被王芸用力拦住:听话,回家。

王小玲表情痛苦:妈!

刘芸挥挥手,又接着一下一下地扫了起来。

王小玲面无表情地看着用力扫地的刘芸在一步一步地走远。

女中学生走了过来,亲热地说:小玲,我爸同意了。我们走吧。

王小玲转过身子,用坚定的口气对女同学说:你再打个电话,每天 25 块。

女中学生一下子楞住,惊讶地看着王小玲。

15.内景　刘芸家　日

王小玲正辅导女中学生,她平静而恬静。

王小宝站在一边,歪着头,用羡慕的目光看着姐姐。

王小风旁若无人地在一边写着作业。她的笔尖深深地划入纸上。在一边,一个作业本上,鲜红色的笔迹,教师的评语:优!

16.外景　街道上　日

　　正是傍晚时分,望着身后干净的街道,刘芸欣慰地笑了。
　　下班的车流中,一辆摩托车从刘芸的身边驶过。
　　刘芸一个趔趄,重重地被扯到地面,扫帚被撞出很远。
　　摩托车停了一下,然后,突然加速逃跑了。
　　立即有行人围了过来,啧啧看着。
　　有人打电话报警,不一会,有警车鸣叫着正向这里驶来。
　　爬在地上刘芸身子动了一下,接着她慢腾腾地坐在地上,她的头发凌乱着,脸上满是血迹。
　　有警察过来。在几个行人的帮助下,被扶了起来。
　　刘芸用衣服袖子擦拭着脸上,理了理头发。

警察：你没事吧，到医院检查一下。

刘芸挣扎着笑了一下：不用了，一会就好的。

几个行人向警察叙述着刚才的事情。

刘芸蹒跚着走了几步，用手一指，众人一眼望去：一把扫帚。

警察过来，让刘芸在一张纸上签名。

刘芸用左手接过好心人递过来的扫帚，用右手颤抖着签上了自己的名字。

17.内景　刘芸家　日

桌上放着两盘炒菜，王小玲在烧着开水，王小风正在桌子边，教着王小宝加减法。两人快乐得笑声在房门外流动着。

刘芸正手提着扫帚，一步一步艰难地向前走着。

刘芸听到了家里传出来的欢快声音，她艰难地笑了，然后停了下来，用手抚着凌乱的头发，用纸擦拭着脸上的尘土。

刘芸拍打着身上的尘土。然后，她一步步向家里走去。

18.外景　街道上　日

　　正是早晨上班的时候,夹着包的行人正急匆匆走着。
　　刘芸提着工具包站在一边的人行道上,向远处张望着。不一会,陈开珍提着工具包,飞快地跑了过来。
　　刘芸笑着看跑过来的陈开珍。
　　陈开珍气喘嘘嘘地跑了过来:刘芸,听说你昨天出事了?
　　刘芸像没事一样,平静地说道:没事儿,还能干活的。
　　陈开珍急忙打量着刘芸:要不,我一个人去就行了,你休息一天吧。
　　刘芸:就是被车擦了一下,能干活的。你当我是纸人？

陈开珍：撞你的人找到了没有？

刘芸笑了：这事警察去管了。今天咱们就打扫一户。

陈开珍疑虑地望着刘芸。

刘芸一瘸一拐地上前，搀着陈开珍的手臂：走吧。

陈开珍难受的表情：刘芸！

刘芸脸上的细细皱纹堆了起来，纯洁地轻轻笑起来。

——剧终——

【微电影剧本】

桃李不言

Tao Li said nothing

张永江

1.内景　公司会议室　日

　　一间很大的会议室,一群人正在齐声朗诵:"在困苦的时候,在不被理解的时候,我们将以快乐的心情,面对工作,面对繁杂,因为,我们是为别人的幸福,作自己的工作。"
　　一排整齐的口型,一张张充满着激情的女性面孔。
　　杨丽的面孔出现在门前,她伸进头来,然后推门而入,站在房门边,充满惊异和羡慕的目光。
　　人群里有一个女性向杨丽望去,她就是刘爱华,她微笑着,做了一个不易被人发现的暗示。
　　杨丽点点头,坐在椅子上,把包放在腿上。
　　站在队伍前面的司马玉,正在总结当天的工作,安排今天的事项。

司马玉：昨天，有六位员工完成了签单，业绩已列在公开栏里，我们一起，用掌声向她们表示祝贺。（她用左手向墙面一指，杨丽转头向墙面上望去）还有五名员工成绩不理想，希望不要掉队。今天的任务是继续昨天的项目：一分部要和市政府机关的客户保持回访接触，力争把经常需要出差人员的名单拿到手里，为开展后续客源做好基础。二分部要开展新的项目，也就是以老带新，选择别墅区，访问新户，建立新的客源。大家听清楚了吗？

众人：听清楚了。

司马玉：好，今天就到此，例会结束。

墙面上，一张很大的纸质专栏，用粗笔写下的业绩数量，前五名，一律用蓝色的粗笔划出标记，很显眼。杨丽的目光在第一名、第二名上扫过，栏目上是新写上的数额。

司马玉：让我们用掌声，相互预祝大家取得好成绩。拜托了！

一片掌声响起。司马玉向后退了一步，转身，发现了坐着的杨丽。

司马玉面色惊讶：你好！你是？

杨丽站起来。

刘爱华走上来：司马经理，她就是我给你提起的杨丽，我的同学，以前是厂里的老先进。

司马玉对着杨丽笑了：听刘爱华介绍过你的情况，欢迎你的加入。我们没有保底工资，主要以业绩为主，一个好的业务员，必须要建立良好的客户关系，具体情况刘爱华向你介绍。

司马玉对着刘爱华说：刘爱华，你看行吗？你带着小杨到人事部办一下手续吧。

刘爱华：好的。没问题，我会的。

杨丽向司马玉憨厚地笑了，她的手绞在一起，微弯着腰：谢谢经理。

司马玉：不用客气了，以后就是一家人，祝你取得好业绩。

2.内景　过道里人事部门前　日

　　杨丽从人事部的门出来,她看到过道里站着等她的刘爱华。
　　杨丽:成了,我分在你们一分部了,和你一个组。
　　刘爱华惊喜:真的？我想你可能分到二分部呢。
　　杨丽:那为什么?
　　刘爱华:二分部主要以新手为主。
　　杨丽问:那为什么?
　　刘爱华:经理可能是对你这个老先进有些照顾吧。
　　杨丽:我行吗,爱华?
　　刘爱华拍了胸脯:怕什么,有我哪。
　　杨丽:我看了你们的业绩表,你做的真优秀。
　　刘爱华:没什么,要不我怎么能是你的小组长。
　　杨丽佩服的口气:谢谢组长关心!

刘爱华戏谑:可要服从领导的安排。

杨丽调皮地一笑,举手敬礼状:当然啦。领——导。

3.外景　公司楼前　日

　　几个客户模样的人正向大楼内走去。一位男客户挟着保单,边打着电话快速起出大门。
　　一位女营销员正向男客户挥手告别,男客户边点着下巴,边打开车门,坐进了驾驶室。
　　杨丽跟在刘爱华的身后,走出大门。
　　刘爱华下了台阶,向街道走去。
　　杨丽却停止了脚步,转过身子,向大楼仰望。她露出了笑容。
　　刘爱华走了一会,停下,看了一下身边,回头喊着:杨丽,你在干嘛?
　　杨丽没有听到,她依然在抬着头向楼上张望。白云,蓝天,洁净的大楼。
　　刘爱华加大声调:杨丽,杨丽。

杨丽忙低下头来,边走边回望大楼:爱华,是你叫我?

刘爱华眼神复杂地看着走过来的杨丽:是不是失业长了,好久没活干,心里特别有感觉?

杨丽婉尔一笑,有些羞涩,面对着刘爱华:你也没经历过,还问。

刘爱华笑了:我不是那个意思,我也好几年到处找工作。

杨丽用手捋了一下头发:你说怪吧,办手续前吧,我也没觉得,可一办了手续,就觉得……

刘爱华明知故问:觉得怎么了?有自信心了?

杨丽:觉得吧,自己还是个有用的人,有人要了,心里也特别踏实。

刘爱华:你这个人呀,还是在厂里时的老样子,充满幻想、诗意盎然。

杨丽:中学时,谭老师就这么说的。你也这么说。

刘爱华:当年,谭老师对你那么好,我真嫉妒,可惜呀,你没考大学。

杨丽:就是考上了,又能怎样?还是要找工作。

刘爱华有些沮丧:我那时,光抄你的作业,把自己弄得什么也不知道。

杨丽把目光移向路上的行人:知道不知道都不重要,都要养家糊口。

刘爱华:好了,不总结过去了,我们还是瞻望未来吧。今天,我们主要工作"扫楼"。

杨丽:领导,这拉业务的,还要扫楼?

刘爱华:当然,这是初级阶段。

杨丽转身要走:那我回去,拿扫把去。

刘爱华哈哈大笑了,她擦着泪水:你还当是扫地呀?

杨丽疑虑:不是你说的扫楼?

刘爱华:我们把一座楼挨家挨户访问一遍,就叫"扫楼"。

杨丽惊讶:啊!我还当是义务劳动呀。

刘爱华感叹道:你还是在厂里的那个样子。

杨丽不好意思地笑了,她把双手又绞在一起,几个手指粗糙而骨节突出。

4.外景　一幢住宅楼前　日

　　楼房的小区卫生整洁,几个老人坐在木椅上,阳光明媚,传来几声鸟的叫声。顺着鸟的叫声,是几个鸟笼子里发出的。
　　刘爱华和杨丽背着很大的包,走了进来。
　　杨丽四下张望着小区。刘爱华环顾四周,用手一指:正前方,前进。
　　按响了门铃。好久没有回声,她们又按了另一个按钮,一个小男孩的声音:谁呀?
　　刘爱华:开门,是姐姐。
　　小男孩子的声音:妈妈说了,不让外人进来的。
　　刘爱华轻柔道:姐姐可不是坏人呀。你上几年级了?
　　小男孩子的声音:那,那,我给你开门了,我都上大班了。

刘爱华：你一定是优秀吧？
小男孩子的声音：那当然，姐姐，门开了，请进。
刘爱华：谢谢小弟弟，真听话。

5.内景　楼道　日

　　过道里阳光一下子暗了许多,杨丽停了一下,才看清过道。

　　过道的墙壁上,划满了各种符号,贴满了各种各样大小不一的广告。有酒的广告,有修理电器的,有修下水道的,有办证的,有家政的,各种颜色,五彩纷呈。

　　刘爱华快速地向楼上走去。杨丽忙追了上去,她喘息着。

　　刘爱华仍不停地向楼上走去。

　　杨丽:爱华,不是全访问吗?

　　刘爱华:是呀,全访。

　　杨丽:那为什么不访一楼?

　　刘爱华:我们是从顶楼开始的,一户一户地走。

杨丽疑虑:那因为什么?

刘爱华头也不回地说:因为什么?因为人家不让进门。

杨丽:不让进就不进呗。

刘爱华边走边告诉道:那可是打击自信心。

杨丽沉吟着:我明白了。

6.内景　一家住宅楼保险门外　日

刘爱华和杨丽站在门前。

刘爱华:杨丽,你敲吧。要轻,三下。

杨丽崇拜地点点头,把手指举起,轻声敲击着"当——当——当"。

许久,没有人来开门,正当她们准备转身时,过道上有人上来。

刘爱华忙侧身让过来的男士:你好!

男士:你好。

刘爱华微笑着,拿出一张名片:你好,我们是保险公司的业务员,这是我们的联系卡。

男士一愣,没有接名片,而是面部表情紧张:不好意思,我们在厂里统一买了保险。

刘爱华微笑着:我们只是来回访的,打扰你了。

男士也疲乏地笑了:你看,我加一晚上的夜班,不好意思了。

刘爱华:希望你照顾,你休息吧,我们不打扰了。

杨丽向旁边一闪,让开了男子,看着男士拖着疲惫的脚步,打开房门,走进房间,"呼"地关上了防盗门。

只听到房间的男士轻叹:谁照顾我呀。

刘爱华和杨丽相互看了一眼。

7.内景　一家住宅楼门前　日

门被快速打开,一个中年妇女探出头来:你们可来了,东西哪?

刘爱华和杨丽一楞:什么东西?

中年妇女把头缩了回去:我还当是送液化气的。

刘爱华把杨丽推了一下。

杨丽忙上前:大姐,你好,我们是保险公司的,这是我的名片。

中年妇女:保险?不买,不买,买时说的好,理赔时那么难。

杨丽急忙道:大姐,我们是回访的。

话音未落,门"嘣"地一声关上了。

8.内景 一家住宅楼门前 日

刘爱华和杨丽缓缓地下着楼,杨丽又敲响了一家的铁门。

门上,又一扇小门打开了,只露出一张老人的脸和双眼,警惕地:你们要干什么?

刘爱华笑了:老人家,我们是保险公司业务员,想听听你们对保险的意见和建议呀。

老人:这个,你们有没有老人生病的保险?

刘爱华:有呀,有许多种,比如,鸿泰保险,康宁保险,既是一种保险、又是存款储蓄,保费也不高。

杨丽:老人家,我们能进去吗?

老人:不行,我儿子讲了,他们上班后,外人一律不能进来。要出危险的。

刘爱华:我们就在这里给你讲解一下吧,别怕,老人家。这里还有一种新出的险种,分十年,你今年高寿?

老人:我七十了,过三个月就七十一了。

刘爱华:这个险种每年你只需要交 1600 元,每三年返还 900 元,加上分红,每年可以有 500 左右的收入呀。这是材料,这是我们的联系方式。

老人面色为难道:姑娘,我本来也想让你们进来说,可是儿子交待了,不让外人进来,怕出意外。你们可别生气呀。

杨丽:没事,老人家,这个社会环境不太好,你儿子这样做也是对的。

老人手指伸向一边:就是的,听说对面的那个楼前几天就出了事,几个人把一个老头一绷,把家里的东西全抢走了,你说可怕不可怕?我们社区也上门宣传了,尽量不让外人进来。如果出事了,综合治理就否决了,他们可拿不到工资了。

老人像拉家常:要不,我给你们端杯水吧。

刘爱华看了一眼杨丽,接着对老人说:不用了,老人家,我们还有些事,不能陪你说话了,你家里人要保险,按留下的电话找我们。

老人叹息着:好吧,好吧,姑娘们走好,别生气呀,没给你们一杯水,这事情,唉。

9.内景　过道上　日

两个人的脚步,在一层层地下着楼梯。
刘爱华和杨丽一边下着楼梯,一边敲着房间的门。
刘爱华在解释着,把一张张名片递了上去,
杨丽在向伸出头来的人解释着什么,
一双双从大门里伸出来的手,在不停地左右摆着。

10.外景　街道上　日

路上的行人和车子一下子多了起来,下班的时间到了。

刘爱华和杨丽背着包,刘爱华在前面走着,她们的脚步缓慢。

杨丽的腿有些跛了。

刘爱华停下,回过头来,笑道:半天就累了?

杨丽不好意思地也笑了:好多年没这样了,对了,爱华,我们也没有拉成一份保单。

刘爱华:你当钱这么好挣呀,我们才是万里长征的第一步,先练习入室,再加强联系,最后才能有所进展,现在的人精明着呢。

杨丽苦笑:钱,真是越来越难挣了。

刘爱华笑道:就是,可钱是越来越好花了。

杨丽:爱华,休息一会吧,我有点腿累。

刘爱华四下张望着:好吧,我们休息一会。

刘爱华和杨丽坐在一条长椅上,刘爱华拉开包,拿出一个面包来,一分为二:来,咱们也吃点吧。

杨丽接过了面包:爱华,瞧我,也没带点吃的来,我以为中午能回家吃些饭呀。

刘爱华啃着面包:中午时间紧,我两年多都没有吃过中午饭了。

杨丽也边吃边看着四周,几个老人拎着大包的蔬菜走了过去,几个小学生蹦跳着有说有笑着。

刘爱华又拉开包,拿出一个瓶子和一个纸杯,倒出一杯水,递给杨丽。

杨丽边望着远去的小学生,边接过杯子,深深地喝了一口。

刘爱华:是不是想孩子了?

杨丽不好意思地笑了笑。

刘爱华:想也没办法。对了,你家那位在哪里。

杨丽脸色一下子变了:离了,他带着孩子。

刘爱华气愤了:现在的男人,没几个好的。

突然,杨丽尖声叫了起来,向公路冲过去。

一个三岁左右的小男孩,趔趄着,正站在马路的中央,手里抱着一个大苹果,东张西望。一辆轿车快速驰来。

刘爱华顿时呆了。她看见杨丽把小孩子抱在怀里,向路边滚动着,一个红红的苹果被急驶的轿车碾碎,汁液四溅。

一个18岁左右的小保姆,提着食品包,惊恐万状地喊叫着扑了过去。

周围立即围上了一群人。刘爱华手抓着面包,也冲了过来。

杨丽的脸上擦破了一层皮,望着怀里的小男孩,男孩子冲着她笑了。

刘爱华对小保姆:你怎么这么不负责,让一个小孩子乱跑。

小保姆哭泣:大姐,刚才没注意。

刘爱华:你把你家主人的地址留一下。

小保姆一楞,但看着严肃的刘爱华,只好拿起了笔,在刘爱华递过来的本子上写了起来。

杨丽用手替小男孩子抚去脸上的尘土,亲吻一下,把小孩子交到小姑娘手里,刘爱华扶着杨丽,一瘸一拐地走过来。

刘爱华关心地:杨丽,你没事吧?

杨丽用纸拍着灰尘,边回答:没事,这么不注意。

刘爱华:要不,我们不去别墅小区了?

杨丽捂住脸:不去不好吧,定了事的。

刘爱华:你的腿?

杨丽揉搓着腿:不碍事。

11.内景 公司会议室 日

一间很大的会议室,一群人正在朗诵:"在困苦的时候,在不被理解的时候,我们将以快乐的心情,面对工作,面对繁杂,因为,我们是为别人的幸福,作自己的工作。"

一排整齐的口型,一张张充满着激情的女性面孔。杨丽的嘴在动着,她的面孔熠熠生辉。

司马玉对众人:好,我们开晨会,这个月,成绩比较突出的我们已上榜公布。也有个别的员工还是零业绩。希望能够赶上来。

杨丽的神色窘迫,头一下子低了下去。她的双脚在来回不停地蠕动着。

12.外景　街道上　日

　　杨丽一个人在行走。她走着掏出一个小本子,翻开着,一群骑着自行车急驶而过的中学生从她的身边急刹车。

　　杨丽仍在专心致志地看着小本子。

13.外景　某个办公室　日

一个中年男子,不耐烦地向杨丽挥着手。

杨丽平静地向男子说着什么,留下一张小小的名片。

杨丽走后,中年男子把名片搓成一团,扔向纸篓。

14.外景　市场的菜摊上　日

阳光照射,杨丽的脸上汗流满面。她用手背擦了一下额头。

她和小贩交谈着。小贩僵硬的笑容。

杨丽的嘴巴在不停地说着,她一会拿出一个纸片。一会又按着计算器。

小贩从衣服的口袋里掏出一把零钱来。

杨丽一张一张地数着。杨丽的脸上露出了笑容。

15.内景　一家住宅楼门前　日

杨丽正在敲门,一个小男孩子出来了。

杨丽俯下身了:孩子,你一个人在家?

小男孩子拿走手里的玩具枪,对着杨丽"哒,哒,哒"着。

杨丽:你家大人有谁?

小男孩子看着杨丽:我奶奶。

杨丽:你奶奶在做什么?

小男孩子:躺在地上——休息。

杨丽突然停止了问话,拨开档在门前的小男孩子,冲了进去。

装潢比较考究的大客厅里,一个老人正躺在地上,四肢抽搐着。

杨丽忙拿起小灵通:110吗? 你好,我这里有个病人。

16.外景　住宅区里　日

一辆救护车鸣叫着,一群医生护士正有条不紊地把老人抬到救护车上。

杨丽领着小男孩子,坐上了车。小男孩子手里仍拿着玩具枪,对着医生"哒,哒,哒"着。

17.内景　病房　日

　　插着管子的老人，躺在病床上，医生正在查询着，护士测量着血压。
　　杨丽和小男孩子守候在一边。
　　小男孩子抱着玩具枪，呆呆地望着匆忙来往的医生护士。

18.外景　别墅区　日

刘爱华正在寻找着。

不远处,有人走来,是一个小保姆抱着了一个小孩子。

刘爱华一把拉住小保姆:我可找到你了。

小保姆回头一看,惊恐万状:大姐,你不要告诉我家主人,要不,我就会辞退的。

刘爱华:想不辞退,你就领我去你主人家里。

小保姆面带难色:你可别说那件事。

刘爱华:你只要配合,我就不说。

小保姆勉强着:那好吧,求你了。

19.内景　别墅的客厅　日

　　一对中年男女,正坐在沙发上,听刘爱华讲述着什么。
　　小保姆在一边偷偷观望着。
　　中年男女,站了起来。握着刘爱华的手。

20.内景　公司会议室　日

会议室,一群人正在朗诵:"在我们困苦的时候,在我们不被理解的时候,我们将以快乐的心情,面对工作,面对繁杂,因为,我们是为别人的幸福,做自己的工作。"

一排整齐的口型,一张张充满着激情的女性面孔。杨丽的嘴在动着,她的表情很难受。

司马玉:今天,我们点评本月的业绩。

杨丽的脸色绯红。她只看见司马玉的嘴巴动着。她仿佛看到了那一把零散的钱,在菜贩子的手里一张一张地点数着。

司马玉:杨丽,杨丽!

杨丽猛然地从迷惘中醒来:到!

司马玉有些恼怒:杨丽,你到我办公室来一趟。

21.内景　办公室　日

　　司马玉:杨丽,你这季度的业绩,让我感到不太理想。
　　杨丽:经理,我知道,我一定会努力的。
　　司马玉:不过,我相信你,但是更相信业绩。
　　杨丽:能不能让我再继续一个月?
　　司马玉:可我们有规定,连续两个月完不成任务的,可以辞退。
　　杨丽:经理,我想再试一个月。
　　司马玉:杨丽,我也不好说了,你到财务室办一下押金手续吧。
　　杨丽默默无言地站了起来。
　　司马玉也站了起来:杨丽,对不起。

22.外景　街道上　日

　　杨丽一个人独自地行走着。
　　她的背后是高耸的楼房。
　　她的身边是川流不息的人群和车流。
　　几个身着华贵的妇女迎面走过。杨丽不自觉地让出了行走的道路,站在一边,随后,她坐在一处天桥的台阶上。
　　一个流动的摊贩在推车上做着烤香肠,做香肠的是中年男人不紧不忙。
　　一个推着自行车买糖葫芦的女孩子,吆喝着走过。
　　城市的太阳慢腾腾地从楼顶,顺着高楼一层一层地落下。远处有灯光开始亮起来。
　　杨丽的面孔上,有了两行泪水流下。她没有擦拭,而是低下头,望着脚尖,任意地让泪水流淌。

一个买光碟的男人走过来：大姐，要吗？带情节的。

杨丽仍旧低着头，漠然地着着脚下。

买光碟的男人站立了一会，又摇动着头走了。

23.内景　办公室　日

司马玉正在填写报表,门被推开,一对中年男女走了进来。

中年男人向司马玉讲着什么。

中年女人向司马玉讲着什么。

司马玉脸色大变。

桌子上,有一张新出的晚报。报纸上,一个老太太和男孩子的相片,男孩子手里抱着玩具枪,标题:《恩人,你在哪里?》

24.外景　街道上　晚

　　一片蓝色的天空,一朵悠然的白云,一座高大的保险公司的楼房。变幻着,不停地来回着。
　　猛然,一声电话的铃声响起来。
　　杨丽恍惚地看着四周。许久,她才发现铃声是从自己的包里传来的。
　　她拿出小灵通,看了一会,铃声仍在响着。
　　杨丽接通了,神色恍惚,声音低弱:喂。爱华?
　　泪水又一次从她的双眼流出来。
　　杨丽哽咽着:爱华,我被辞退了。
　　杨丽听着电话:好,我不走,等你来。

25.内景　办公室　晚

灯光下,司马玉正焦虑不安地坐着,她一会儿看看紧闭的门,一会儿又看看窗外灯火通明的城市。

一会儿,电话铃声响起,司马玉拿起电话:总经理,你好。我让人找去了,知道了。

放下电话,司马玉茫然地望着大门。

门被轻轻敲响。

司马玉腾地跳起来,快步走到门前,把门拉开:杨丽,你可回来了。

杨丽推门进来。

杨丽一脸疑问:经理,你找我?

司马玉拂着杨丽的手:杨丽姐,你别怪我,没问清楚就伤害了你。

杨丽低着头:也怪我没有做好,做得那么少。

司马玉:杨丽,是这样,有一个大客户找到了公司总经理那里,说起你的事情。

杨丽抬起头:我没做什么错事呀,不会弄错了吧?

司马玉笑了:不会错的。还有一对夫妻,也专门上公司来感谢你。

杨丽一脸茫然,嗫嚅道:感谢我什么?经理,我做不好,我还是走了算了,我看了,我只能摆个小摊了。

说完,杨丽站了起来,欲走。

司马玉急忙拉住了杨丽:别!别走。

杨丽:我自己都不明白,到底怎么了?

司马玉:这个大客户指名让你专门代理,否则,他们——可能——不做。

杨丽惊讶:啊?

司马玉:这都是刘爱华帮你的,她把你的事情告诉了客户。

杨丽一脸茫然:经理,我不太适应这一行工作,我想了很久,把我的代理户给爱华吧,我还是走吧。

司马玉:这?

杨丽目光如炬:这事,我会专门向客户讲清楚的。

司马玉惊叹着:杨丽?

26.外景　街道上　夜

杨丽走出司马玉的办公室。
刘爱华正站在夜色的灯光下。
杨丽向刘爱华走去：爱华！
刘爱华一把抱住杨丽的肩膀：杨丽……
司马玉办公室的灯光亮着。

——剧终——